KB183881

월도 스님

행복하고 행복하다

월도 지음 | 신소요 그림

N넥스웍

목차

〈제1장〉

마음의 병을 고치는 약

〈제2장〉

세상의 주인

〈제3장〉

마음의 여유

〈제4장〉

지혜와 지식

〈제5장〉

일상의 소중함

〈제6장〉

길을 모르거든

〈제7장〉

소풍 인생

〈제1장〉

마음의 병을 고치는 약

세상살이에 없는 세 가지

세상을 살아가는 데 없는 것 세 가지가 있습니다.

첫째, 세상 사는데 정답이 없다.

어떤 상황과 여건 그리고 어떤 사람이라도 다 살아가게 돼 있어요.

그런데 '그냥 살아지는대로 사는 삶'과 '어떻게 살 것인가를 고민하며 사는 삶'의 차이는 분명히 다르다고 생각합니다.

둘째, 세상에 비밀은 없다.

세상살이에 절대 비밀은 없습니다. 비밀은 반드시 드러나게 돼 있습니다. 그러니까 비밀을 만들어서 불안한 삶을 사느니, 비밀 없는 편안한 삶을 사는 게 좋겠죠.

앞으로는 귓속말을 하지 않는 지혜로운 불자가 되시기 바랍니다.

셋째, 세상에 공짜는 없다.

세상에 공짜가 없음에도 요행과 공짜를 바라기 때문에 사기꾼이 생기는 것입니다.

사기를 친 사람하고 사기를 당한 사람하고 누가 더 나쁜가요? 사기를 친 사람과 당한 사람 둘 다 똑같아요.

노력 이상을 바라는 것이 요행이고 욕심입니다.

뜻밖의 행운이나, 갑작스런 불행이란 없습니다.

모두 인과의 결과입니다.

결혼한 아들의 소유권은

아들을 결혼시킨 후에는 아들의 소유권은 누구에게 있을까요?

부모일까요? 며느리일까요?

며느리에게 과감하게 넘겨줘야 됩니다.

요즘 대다수의 부모들은 자신은 깨어있는 개방적인 부모라고 생각하면서

장가 간 아들의 소유권을 며느리에게 넘겨줬다고 말합니다.

그런데 실제로는 며느리에게 소유권을 완전히 넘겨준 사람이 많지 않아요.

말로는 넘겨줬다고 하면서, 행동으로는 온갖 간섭과 잔소리를 합니다.

아들 결혼 생활에 일일이 간섭하고 신경을 쓰니까 아들 집에 갔다 오면 열 받아요.

열 안 받으면 소유권을 넘겨준 것이고 열 받으면 아직도 부여잡고 있는 것입니다.

아들이 고기를 굽든지 말든지, 설거지를 하든지 말든지, 쓰레기를 버리든지 말든지 간섭하지 않고 신경 쓰지 말아야 되는데도 불구하고 아들이 며느리 대신 설거지하고 청소하고 쓰레기 버리는 행동들을 보면 속이 상하고 열이 받는다면 아직도 아들에 대한 집착을 버리지 못한 것입니다.

그런데 반대로 사위가 설거지하고 청소하고 빨래 개면 기분 좋지요?

인연에는 모두 때가 있습니다.

놓아야 할 인연에 집착하면 나도 괴롭고 상대도 괴롭게 하여 결국 잘못된 인과를 맺게 됩니다.

우리 며느리를 딸처럼 생각할래요

요즘 지혜로운 시어머니는 예전과 다르게 며느리를 시집살이 시키지 않습니다.

나름 의식있는 어떤 보살님이 저에게 와서 "스님! 저는 우리 며느리를 딸처럼 생각할래요." 하고 말씀하시기에 밖으로 표현은 못 하고 마음 속으로 '꿈 깨세요. 그것은 당신 생각일 뿐이고, 며느리가 그렇게 하길 바랄까?' 하고 생각했습니다.

저는 결혼을 하지 않았고 자식이 없어도 그 정도는 알겠습니다.

과연 며느리도 그렇게 생각할까요?

딸은 내 피붙이기 때문에 밥을 끓이든 죽을 끓이든 어떤 행동을 해도 밉지 않고, 어떤 잘못을 해도 흉으로 보이지 않습니다.

엄마와 딸은 그렇게 서로 편한 존재입니다.

그러나 며느리는 내 피붙이가 아니에요.

그러니 며느리를 딸처럼 대하면 자칫 며느리를 함부로 대하거나 딸로 대우하며 기대했던 것들이 무너지면 실망도 크고 감정이 상해서 급

기야 관계가 멀어지고 나빠지게 됩니다.

그러니 있는 그대로를 바라보며 인정하고 존중하며 지내다 보면 점차 허물도 이해하고 잘못도 용서하며 서로의 소중함을 느끼는 진짜 가족이 되어가는 것입니다.

며느리에게 물어보세요.

무엇이든지 물어보고 상의해서 하는 것이 지혜로운 시어머니입니다.

생각과 말로 만든 관계보다는 마음으로 이어지는 관계가 진정한 관계입니다.

절간

사람들이 '절간'이라고 하잖아요.

그런데 우리 불자들도 '절간'이라고 하는 사람이 있어요.

'절간'이라는 말을 쓰면 안 돼요.

스님들도 가끔은 절간의 의미를 모르고 "난 절간에 간다."라고 합니다.

주변에 불자나 스님들조차도 이렇게 이야기를 하는 분들이 많이 있어요.

'간'이라고 하는 것은 공간을 이야기하는데 외양간, 대장간, 마구간, 헛간, 뒷간 같은 장소만 이렇게 불러요.

이런 곳들이 어떤 곳이에요?

사람이 기거하는 공간이 아닌 장소를 낮춰서 '간'이라고 하는데 불교를 하찮게 여기며 폄하하기 위해서 절에 간을 붙여서 '절간'이라고 하는 거예요.

그러니 우리 불자들은 부처님 도량을 절간이라고 부르면 안 되겠죠.

곳간 키

시어머니가 곳간 키를 며느리한테 준 다음에는 어떻게 해야 할까요?

감 놔라 배 놔라 하고 참견을 해야 할까요? 하지 말아야 할까요?

곳간 키를 며느리한테 준 다음에는 죽을 쓰든 밥을 태우든 일체 관여를 하면 안 됩니다. 그래야 며느리한테 존경받는 시어머니로 평생 대접받고 삽니다.

곳간 키를 주고도 온갖 참견과 잔소리를 하면 며느리는 기분이 어떨까요?

곳간 키를 줬으면 시어머니는 이제 현역에서 은퇴한 고문일 뿐입니다.

고문은 물어보는 것에만 답을 하고 자문을 해주는 게 고문의 역할입니다.

물어보기 전에 먼저 말하고 참견하는 것은 아직도 현역에 대한 집착을 놓지 못하고 있다는 뜻입니다.

내가 바로 직전에 다른 사찰 주지 소임을 살았더라도 그쪽에서 나한테 자문을 구하는 것에만 말을 해야 되는 것입니다.

그런데 그 선을 넘어서 참견을 하기 시작하면 이쪽에서도 인심을 잃고 저쪽에서도 인심을 잃고 존경받지 못하고 대우받지 못하는 시어머니가 되는 것입니다.

부처님께서 공양을 받는 이유

바쁜 일상 중에 틈틈이 절에 가서 부처님께 공양을 올리는 의미는 무엇일까요?

공양은 정성스러운 마음으로 부처님께 공양물을 올리는 거예요.

그럼 부처님께서는 여러분들이 올리는 물질적인 공양을 받으시겠다는 것일까요?

부처님께서는 여러분들이 올리는 물질적인 공양이 아니라, 공양을 올릴 때의 정성과 마음가짐 즉 부처님의 가르침을 실천하며 부처님처럼 살겠다는 정성스러운 행위를 기뻐하시는 거예요.

부처님께 올리는 공양은 여러분들이 가지고 있는 물질이 탐나서 물질적 욕구가 있어서가 아니라, 부처님처럼 살겠다는 공양 올릴 때의 순수하고 지극한 마음이 순간순간 계속 이어져서 중생의 마음을 부처의 마음으로 만들기 위해서 공양을 받으시는 것이란 걸 잘 새겨야 돼요.

사랑을 하려면 잘해야 한다

사랑하는 사람과 헤어지는 것은 괴로움입니다.

여러분 사랑은 좋은 겁니까? 안 좋은 겁니까?

사랑은 눈물의 씨앗이라고 하는데,

사랑하는 것은 나쁜 일이 아니고 좋은 일이지요.

하지만 사랑은 잘해야 됩니다.

어떻게 사랑하는 것이 사랑을 잘하는 것일까요?

사랑하는 사람과는 언젠가는 헤어질 것이라는 걸 알고 해야 돼요.

영원히 함께할 것이라고 생각하는 것 자체가 괴로움의 씨앗입니다.

그렇기 때문에 사랑하는 사람을 만났을 때 후회 없이 사랑할 수 있는 삶을 사는 것이 지혜로운 삶입니다.

사랑을 하지 말라는 이야기를 하는 게 아니고 삶의 이치를 모르고 막연하게

사랑하는 일만 하면 결국 큰 고통에 빠지게 된다는 것입니다.

사랑의 노예가 되지 마시고 사랑의 주인이 되는 삶을 살아가시기 바랍니다.

구인사 광명전 - 이불병좌

구인사 광명전에 두 분의 부처님이 계십니다.

그 부처님은 이상한 모습을 하고 있어요.

한 자리에 두 분이 함께 앉아 계세요.

일반 사찰의 부처님은 각각의 연화좌대에 한 분씩 앉아 계시는데, 구인사 광명전에는 두 분의 부처님이 같은 좌대 위에 앉아 계세요.

두 부처님께서 한 자리를 나눠서 앉으셨다고 해서 이불병좌(二佛竝坐)라고 해요.

석가모니 부처님께서 법화경을 설하실 때마다 다보여래께서 출현하셔서 석가모니 부처님께서 설하시는 법화경의 내용이 사실임을 증명하십니다.

그런 의미와 또 구인사가 법화경을 소의경전으로 하는 법화도량이므로 그런 상징성을 담아서 석가모니 부처님과 다보여래를 이불병좌로 함께 모신 것입니다.

95세 노보살님의 소원

어느 날 95세 되신 노보살님이 찾아왔어요.

그런데 95세나 된 노보살님 소원이 뭔 줄 알아요?

손자가 장가를 가려고 만나는 여자가 있는데, 노보살님 자기 마음에 안 든다 이거예요.

그래서 어떻게 하면 좋겠냐고 나한테 물어보는 거예요.

95세인 인생 연륜이 지극하신 분이 그냥 지켜보면 될 것을 너무 안타까운 거예요.

그래서 제가 보살님이 보는 세상의 기준과 요즘 아이들이 보는 세상의 기준이 달라요.

저 또한 요즘 사람들을 잘 모르겠는데 보살님이 95세나 됐는데 그 연세가 돼가지고 자기 생각과 기준으로 요즘 사람들을 평가하려고 하면 입에 맞는 게 하나도 없어요.

그러니 괜히 아는 척 나서다가 손자한테도 인심 잃고 손자며느리한테도 인심 잃어서 왕따당하기 딱 좋으니까 그냥 조용히 지켜보고만 있으라고 했어요.

화병

병 중에 가장 나쁜 병이 바로 화병(火病)입니다.

화병은 자신을 태워 죽이는 병이에요.

내가 내 자신을 태워서 스스로를 죽이는 거예요.

이를 갈 일이 많은 사람일수록 화병이 많아요.

그런 사람들은 대개 며느리가 미워 죽겠고, 아들이 미워 죽겠고, 신랑이 미워 죽겠고, 심지어는 절에 와서 스님도 미워 죽겠고, 다 미워 죽겠다고 해요.

그럼 어떤 사람이 행복한 사람일까요?

좋은 사람이 많은 곳에서 좋은 사람과 더불어 사는 사람은 행복의 주인공이요. 만나는 사람마다 다 원수 같은 사람만 주변에 있는 사람은 지옥인 거예요.

이제 극락과 지옥을 보셨습니까?

좋은 사람과 미운 사람을 만드는 것은 누구예요?

바로 자신의 마음이죠. 자신을 돌아볼 생각은 안 하고 상대방이 만든다고 생각하고 있잖아요.

보살행의 즐거움

볼일 보러 바쁘게 길을 가던 중에 거지를 보면 돈이 없어서가 아닌데도 당연히 돈을 줄까 말까 망설여지지요?

망설이는 이유가 뭘까요?

진짜 거지일까? 가짜 거지일까? 의심스러운 부분이 있죠.

이런 게 골치 아픈 일이라서 내가 작은 돈이라도 정성으로 진짜 거지한테 적선을 하고 나면 마음이 하루종일 상쾌하잖아요.

마땅히 도울 사람을 도운 것 같아 행복하잖아요.

그런데 진짜 거지가 아닐 것 같은 의심스러운 생각으로 그에게 정성을 쏟기 싫어서 그냥 지나쳐 버리면 하루종일 번뇌가 생겨요.

마음이 하루종일 불편하잖아요.

우리가 마땅히 보살의 마음으로

보살의 행동을 하면 누가 좋은 것인가요?

적선을 받은 상대가 아니라 베풂을 실천한 내가 즐거워지는 거죠.

그래서 보살행은 내가 행복하기 때문에 좋은 거예요.

빨리 가려면 혼자서 가고,
멀리 가려면 함께 가라

아프리카 속담에 "빨리 가려면 혼자서 가고, 멀리 가려면 함께 가라."라고 하는 말이 있습니다.

부처님께서는 깨달음의 단계에 빨리 가라고 하는 가르침을 주지 않으셨고 오히려 먼 길을 함께하는 도반과 동행의 과정이 큰 스승의 역할이 될 수 있음을 강조하셨습니다.

눈깔사탕

사람들은 눈깔사탕은 원하지만 절대 부처되는 것을 원하지 않습니다.

절에 오는 이유가 뭐냐고 자신에게 물으면 하나같이 "우리 딸내미 시집 좀 잘 보냈으면 좋겠고요. 우리 아들내미 장가 좀 잘 갔으면 좋겠고요. 우리 영감이 아프지 않았으면 좋겠고요. 그리고 그냥 이렇게 살다 죽으면 되지 뭘 더 원하겠어요?"

이렇게 말합니다.

세상 살아가면서 별로 아쉬울 게 없고 답답할 게 없는데 매일 절에 가서 뭐하냐? 이렇게 생각하시는 거예요.

우리가 살고 있는 현재의 삶은 아무리 행복하더라도 영원하지 않는 일시적이고 한시적인 삶일 뿐입니다. 한시적인 삶을 살다가 가는 것에만 목적이 있지 진정으로 영겁의 윤회를 뛰어넘는 완벽한 행복 죽고 사는 법이 없는 윤회를 벗어나기 위해 부처님께서는 이 사바세계로 오신 것입니다.

그것을 바로 일대사인연이라고 하고 또 일불승이라고 하는 것입니다.

다 죽어

부자도 죽어요? 안 죽어요?

잘생겨도 늙어요? 안 늙어요?

키가 커도 죽어요? 안 죽어요?

우리는 이런 것들에 목숨을 걸고 살고 있어요.

법화경 신해품에서 이야기를 하고 있는 것입니다.

중생이 사는 세계가 아주 용렬(庸劣, 변변하지 못하고 좀스럽다)한 것이고 영원하지 않은 거예요.

문제는 다른 모든 사람들은 다 죽어도 나는 안 죽을 것같이 생각하잖아요.

바로 이렇게 생각하는 게 문제입니다.

다른 모든 사람들은 다 늙어도 나는 늙지 않을 것같이 생각하고, 바로 옆에 있는 사람이 죽어도 나는 안 죽을 것처럼 생각하잖아요.

우리는 허깨비와 같은 삶을 살아가고 있는 것입니다.

마음 닦는 행위

옛날부터 훌륭한 인물이 나면 키울 때는 반드시 숨겨서 키웠지 드러내놓고 번듯하게 키우지 않았어요.

특히 불가의 승단에서는 너무 잘났다고 자꾸 드러내면 반드시 죽게 돼 있어요.

이게 문제인 거예요.

현재 구인사 큰스님께서도 구인사 농장에서 맨날 농사 일만 하셨던 분이 큰스님이 되셨어요.

그분들이 도 닦을 때 주변에 있는 사람들이 그분들 알기를 우습게 알았어요.

저까짓 게 무슨 도를 닦느냐고 그랬거든요.

그런데 나중에 보니까 모든 법은 거기에 그분들에게 있었던 거예요.

깨끗하게 차려입고 자가용 끌고 다니면 겉으로는 출세를 한 것처럼 보이지만 사실은 그런 게 출세가 아니잖아요.

거기에는 도가 없어요.

한편으로는 나 같은 일을 안 하면 안 되니까 누군가는 이 일을 해야 하는 거니까

내가 하고 있는 거예요.

누군가는 또 해야 될 일이기 때문에 인연에 따라 소임을 맡아서 하기는 하지만 겉으로 번듯하게 보이는 게 다가 아니라 진실된 법은 마음을 닦는 것에 있다는 것입니다.

말버릇

"말버릇을 고치면 운명도 바뀐다."

말버릇을 바꾸는 게 대단히 중요합니다.

결혼한 지 오래되었는데도 아직도 부부가 만나기만 하면 싸우는 사람들이 있어요. 그것도 팔자예요. 안 보이면 궁금하고 만나면 원수지간이고 그러다가 안 보이면 궁금해 죽겠다고 해요.

그런데 만나면 또 원수지간이에요. 왜 그럴까요?

이것은 말버릇에 문제가 있어요.

싸우지 않아도 될 일을 말버릇 때문에 싸우게 되지요.

말을 할 때 언어를 잘 선택해서 사용하면 싸울 일이 없어집니다.

싸움하는 부부들의 양쪽 이야기를 들어보면 다 이유가 있어요.

잔소리하는 아내는 내가 너를 사랑하니까 잔소리를 하지 사랑하지 않으면 내가 왜 잔소리를 하겠냐라는 게 이유예요.

그 잔소리를 듣는 사람은 안 해도 내가 다 알아듣는데 또 알고 있는 내용들을 반복해서 말을 하니까 잔소리가 되고 기분이 나빠져 부딪치는 경우가 너무 많습니다.

고부갈등에 시아버지는

며느리와 시어머니가 싸워요.

그러면 시아버지가 봤을 때는 누가 옳을까요?

시아버지는 누구 편을 들어줘야 하는 거예요?

옳은 것도 없고 편들어 줄 것도 없어요.

안방에 들어가면 시어머니 말이 맞고, 부엌에 가면 며느리 말이 맞아요.

그게 지혜입니다.

부처님 가피

(加被, 부처나 보살이 자비(慈悲)를 베풀어 중생을 이롭게 함)

부처님 운은 어디서부터 올까요?

제가 생각하기에는 어려운 환경에서 부처님 운이 올 것 같아요.

번쩍번쩍한 좋은 환경에서는 오지 않아요.

중생 제도를 위해서 함께하신 부처님은 결코 자리를 가리지 않고 "사사불공이면 처처불생이라."라는 말처럼 모든 일에 온 정성을 들이다 보면 가장 척박하고 가장 어려운 환경 속에서 부처님 가피는 그렇게 감응하여 생겨나는 것입니다.

부처님이 우리에게 가피를 주고자 하는 바는 오직 마음 하나에 달려 있습니다.

내 마음이 부처님 마음처럼 될 때 부처님의 모든 가피를 이룰 수 있는 근본 바탕이 되는 것입니다.

이유가 있어 나를 찾아왔겠지만 나를 찾아온 법이 더 크다

대조사님 재세 시 "어떤 이유가 있어서 너희들이 날 찾아왔겠지만, 그 이유가 되는 그 원인이 아무리 큰 희생이라 하더라도 나를 찾아온 법이 더 크다."라고 하셨어요.

그 이유가 세속적인 기준으로 생로병사의 문제를 해결하고자 하는 것일 수도 있고, 사업 성공이 될 수도 있고, 승진 같은 문제도 될 수 있고 다양하겠죠.

사업이 망할 수도 있고, 병이 들 수 있고 그런 온갖 삶의 괴로운 문제를 해결하기 위해서 대조사님을 찾아 구인사로 왔다면 그 괴로움의 대가보다 구인사를 찾아온 것이 훨씬 크다고 하셨어요.

왜 그러셨을까요?

세속적인 부분은 곧 닳아 없어질 무상한 것들로써 영원하지가 않습니다.

구름이 모였다 흩어지고 흩어진 구름이 다시 모이는 현상을 반복하듯이 그렇게 진실하지 않은 거예요.

그래서 제행무상이라고 합니다.

그런데 부처님 진리를 만나 진리를 향해서 내 마음을 청정하게 하려고 노력하는 부분은 억겁의 보배가 되고 닳아 없어지는 게 아니에요.

나를 영원한 행복으로 이끌고 불생불멸의 이치에 도달할 수 있게 하는가장 완벽한 답이기 때문에 더 크다고 말씀하신 것입니다.

괴로워서 왔든, 이유가 있어 왔든, 소원이 있어 왔든, 어떤 사유로 해서 왔지만 관세음보살을 부르는 것은 각자에게 억겁의 보배가 되는 것입니다.

천상천하 유아독존

부처님께서 이 사바세계에 오셔서 처음으로 하신 말씀은 "천상천하 유아독존"이었어요.

많은 사람들은 부처님께서 이 사바세계에 오셔서 말씀하신 "천상천하 유아독존"을 '오직 부처님만이 삼라만상에서 홀로 존귀하다.'라는 뜻으로 잘못 이해하는 분들이 많이 있습니다.

그러나 부처님께서 말씀하신 천상천하 유아독존의 진정한 의미는 부처님께서 이 세상에 오심으로 인해 그리고 부처님께서 하신 말씀으로 인해서 사바세계에 존재하는 모든 생명은 그대로가 주인이요, 그대로가 부처라는 사실을 일깨우기 위한 가르침을 주기 위해 하신 말씀입니다.

사주팔자 바꾸는 방법

흔히들 중요하게 생각하는 부분 중의 하나가 사주팔자예요.

사람들은 자신의 사주팔자가 어떨지 많이 궁금해합니다.

사주팔자를 고칠 수 있을까요?

대개 팔자는 고치지 못한다고 운명은 피해갈 수 없다고 생각하는 사람이 많아요.

그런데 팔자를 고치지 못하고 바꿀 수 없다면 교회 갈 필요도 없고 절에 갈 필요도 없어요.

이미 정해진 팔자인데 무슨 노력이 필요하겠습니까?

팔자는 바꿀 수 있습니다.

그런데 정작 문제는 팔자 바꾸는 방법을 모른다는 거예요.

팔자를 바꾸는 것은 누가 바꿔주는 게 아니라 바로 내 생각을 바꾸는 것입니다.

우리의 행동을 바꾸는 거예요.

게으름에서 성실함으로, 미움에서 사랑으로, 단절된 마음에서 소통하는 마음으로 생각을 바꾸고 행동을 바꾸면 팔자가 바뀌집니다.

윤회

불교에서는 윤회를 이야기합니다.

"윤회를 어떻게 믿습니까?"라고 하면 할 말은 없어요.

나도 전생의 기억은 없으니까요.

그런데 신기한 현상 한 가지는 노력을 많이 안 하는데도 잘되는 사람이 있어요.

머리가 좋지 않은데도 잘되는 사람이 있어요.

열심히 노력하는데도 안 되는 사람이 있고, 생전 처음 보는 사람인데도 괜히 좋은 마음이 드는 사람이 있어요.

날이면 날마다 보는 사람인데 주는 거 없이 미운 사람도 있어요.

이런 현상을 보면 '아! 분명히 윤회가 있구나!'라고 미루어 짐작해 생각할 수가 있어요.

그런데 윤회를 믿고 안 믿는 것은 자의판단이에요.

윤회를 믿기 때문에 여러분들이 지금 이 법석에 함께 하는 게 아닐까요?

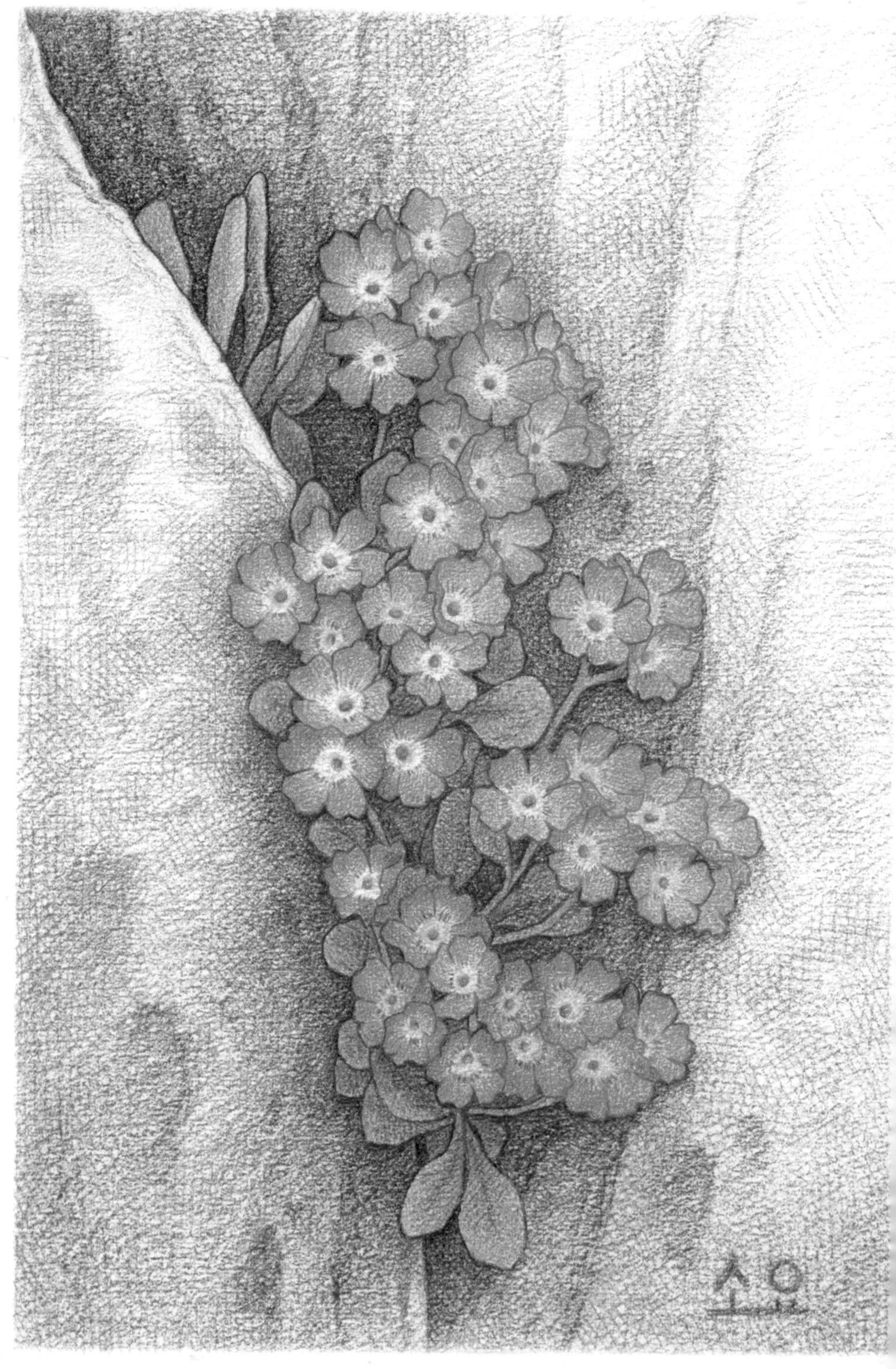

행복의 주인공

2500년 전, 경전을 통해서 말씀을 하고 계세요.

부처님이 얼마나 대단한 분이신지.

과학이 발달하면 발달할수록 부처님의 말씀은 사실로 입증이 되고 있어요.

부처님의 말씀을 우리는 사실로 받아들이면 됩니다.

그게 사실일까? 아닐까?

이거 다 필요 없어요.

부처님께서 나한테 모든 걸 갖다 바쳐라 이렇게 말씀 안 하셨거든요.

부처님께서 행복을 구했듯이 너희들도 나와 같은 마음과 행위를 통해서 행복의 주인공이 되라고 말씀하셨지요.

나를 위해서 제사를 지내라.

나를 위해서 뭘 갖다 내라.

이런 말씀은 안 하셨어요.

공덕을 쌓으라고 하셨어요.

공덕이라는 것은 악을 그치고 선을 쌓는 것을 공덕이라고 해요.

그 공덕의 대상은 무량해요.

특별한 대상이 아니에요.

다른 생명을 위해서 보호하는 부분이 다 공덕일 수 있어요.

변화된 흔적

연세가 지긋하신 지인을 오랜만에 만났어요.

그분은 저와 나이 차이가 꽤 많이 나기 때문에 제가 어렸을 때 그분은 어느 정도 나이가 들었겠죠.

제가 구인사에 입산한 지 한 35년 정도 되었으니 꽤 많은 세월이 흘렀잖아요. 그런데 그분은 어쩌다 저를 만나면 "옛날엔 꼬맹이였는데 스님도 별수 없네요."

이렇게 말하는 거예요. 이 말은 제가 늙었다는 이야기잖아요.

그래서 저도 "어르신도 마찬가지로 별 수 없네요."라고 되돌려 주고 싶지만 참아요.

이런 게 바로 세상입니다. 상대방이 변하는 것은 눈에 보이지만 자기가 변하는 것은 보이지 않아요.

나는 매일 거울을 보니까 어제 거울에 비친 내 모습과 오늘 거울에 비친 내 모습이 변함없이 매일 같아 보이기 때문에 나는 그대로인 듯 착각하지만 상대방이 볼 때는 보지 않은 시간만큼 변화된 흔적이 보이는 것은 너무도 당연한 현상입니다.

복 짓는 방법

복덕이 대단히 중요하다는 이치를 안다면 일상생활에서 복을 짓는 게 좋을까요?

복을 짓지 않아도 될까요?

잘사는 것이 복을 짓는 것입니다.

복 짓는 방법은 옳은 것과 그른 것이 있을 때 옳은 것을 선택하고 그른 것을 버려야 돼요.

착함과 악함이 있을 때 착함을 선택하고 악함을 버릴 줄 알아야 합니다.

좋은 것과 나쁜 것이 있을 때되도록 상대방에게 좋은 걸 양보하고 덜 좋은 것은 내가 선택하려고 하는 행위가 바로 복 짓는 방법이에요.

큰 것과 적은 것이 있으면 적은 것은 내가 취하고 큰 것을 상대방에게 주려고 애쓰는 마음이 복을 짓는 방법이에요.

할 일이 있으면 마땅히 남이 그 일을 해주기를 기다리지 말고 내가 먼저 솔선하려는 마음 그 자체가 선행으로 복을 짓는 방법이에요.

우리는 항상 이분법적 논리로써 판단을 해야 할 때 선한 행위 쪽으로 배려하는 쪽으로 마음을 쓰면서 생활하면 그 마음이 바로 복덕을 키우는 삶이 될 수 있습니다.

사주팔자 봐주는 곳은

간혹 사주팔자를 봐주는 절이 있습니다.

사주팔자를 봐주는 곳이 절입니까?

인생살이가 답답할 때 어디 물어볼 데는 없는데 사주팔자 봐준다고 하니까 사주팔자 봐주는 용한 스님이 계신 절에 가잖아요.

이런 스님들은 수행자들이 공양을 탐해서 수행자가 해야 될 도리를 하지 않고 엉뚱한 방향으로 가는 경우입니다.

사주팔자를 봐주거나 부적을 써줘서 그 당시는 답답한 부분에 대한 해답을 얻었다고 착각하게 만드는 잘못된 행위들이 많이 있습니다.

그러나 이런 것들은 진정한 불교의 본질이나 가치와는 완전히 거리가 멉니다.

절은 부처님을 예경하고 부처님의 진리를 공부하고 부처님과 같은 인격을 갖추기 위해 노력하는 곳이 올바른 절입니다.

가피

절은 물건을 팔고 사는 곳이 아닙니다.

가피는 본인 스스로의 노력에 의해서 얻어지는 것이지 부처님이 주고 안 주는 게 아니라는 말씀입니다.

절에 와서 스님한테 잘 보인다고 해서 소원이 빨리 이루어질까요?

만약에 그렇게 말하는 스님이 있다면 그 스님은 잘못된 스님입니다.

제가 입산하고 절에서 수십 년을 살아봤지만 절대 그런 것은 없어요.

소원을 이루고 못 이루는 것은 본인들의 노력과 정성에 달렸지 스님하고는 아무런 관련이 없어요.

저한테도 속지 마세요.

석가모니 부처님은 당신의 아들 라훌라부터 당신의 많은 가족들, 당신을 키워주신 이모, 사촌동생, 아들 등 많은 친족들이 출가를 해서 스님이 되었어요.

왜 출가를 했을까요?

마음을 닦아야만 가질 수 있는 진정한 행복이 있기 때문입니다.

어떻게 살아요

불교 경전을 읽다 보면 '집착하지 마라. 내려 놓아라. 욕심내지 말고 무소유의 삶을 살아라.' 하는 가르침이 많습니다.

그럼 도대체 어떻게 살라는 이야기인지 혼란스러우시죠?

현상에 끄달리지 말고 업에 치우치지 말고 그냥 마음을 비워버리라는 이야기예요.

그때그때 바로 비워버리는 사람이 지혜로운 사람이에요.

그래서 버리고 집착하지 않기 위해서 수행을 하지요.

자꾸 수행해서 내 마음의 길을 들여야 돼요.

서운한 일이 생기면 이걸 끌어안고 집착해서 온갖 괴로움을 다 만들어내고 스스로 지옥을 선택하죠.

그럴 수도 있고 저럴 수도 있고 누군가가 나를 비난하면 업이 그리워서 업을 짓는구나 하고 생각하면 되는데 그 사람과 같이 맞서서 싸움

하려고 들잖아요.

그 순간 똑같은 사람이 되는 것이고 같이 업을 짓게 되는 것입니다.

모든 현상으로부터 자유로워지려면 모든 법은 항상 스스로 고요한 열반의 모습을 갖추고 있는 '상자적멸상(常自寂滅相)'을 생각하셔서 내 마음을 그치면 모든 것은 있는 그대로 고요한 열반의 모습 그 자체라는 것을 생각하시기 바랍니다.

마음청정

석가모니 부처님 당시 제자들에게 가르침을 주셨던 것 중 하나가 육근을 청정하게 하라는 것이었습니다.

많은 세월이 지난 오늘날의 조사불교에서도 마음을 관찰하고 닦으라는 것을 가르치죠.

요즘의 현실은 우주비행선이 달나라를 왔다갔다하고 우주를 왔다갔다하는 과학이 발달된 시대에도 우리 삶의 희로애락은 오직 마음 하나에 모두 있습니다.

그래서 마음을 청정하게 하면 자아의 본성을 찾게 되고 마음을 다스릴 줄 알게 되는 과정이 바로 수행이라고 생각합니다.

사랑은 눈물의 씨앗

사랑은 좋은 것이고 미움은 싫은 것입니다.

그런데 사랑만 하고 살 수가 있을까요?

사랑만 하고 살 수는 없는 것 같아요.

사랑하는 대상이 생기면 그것을 보호하고 싶고, 그것을 지키고 싶은 욕망이 생기겠죠.

그런데 그것이 하나는 수비의 역할을 하고 또 다른 하나는 공격의 역할을 하게 되기 때문에 어떨 때는 스스로에게 괴로움을 만들어내게 됩니다.

그래서 사랑하는 만큼 아픔과 상처가 생기는 거 아닐까요?

그래서 '사랑은 눈물의 씨앗'이라고 하는 거겠죠?

사랑하는 마음만큼, 좋아하는 마음만큼 나쁜 것도 반드시 함께 동반하는 것이 이치입니다.

세상에는 항상 나쁜 것만 있는 것도 아니고 항상 좋은 것만 있는 것도 아닙니다.

'불사선(不思善) 불사악(不思惡)'이라 했듯이 선도 생각하지 말고 악도 생각하지 말아야 합니다.

선한 것만을 찾고 강조하다 보면 반드시 허물도 따르는 게 이치니까요.

다른 사연들

불자님들은 모두 부처님을 친견하고 싶고, 부처님이 되고 싶어서 절에 오고 기도를 하지만 절에 오고 기도를 하는 사연은 모두가 다 다르지요.

병이 있는 사람은 약사여래 부처님을 친견하고 싶고, 지혜가 부족한 사람은 대세지보살님이나 문수보살님을 친견하고 싶고, 소원이 간절한 사람은 관세음보살님을 친견하고 싶겠죠.

사람들은 모두가 다른 사연을 갖고 각자에게 맞는 방식으로 소원을 이루고 싶어서 기도를 하게 됩니다.

하지만 불법의 세계에서는 중생의 근기와 인연에 맞게 방편으로써 감응을 하신다는 것입니다.

그래서 불교가 대단한 종교라고 하는 것입니다.

〈제2장〉

세상의 주인

보살행은 크고 작음이 없다

'보살행'은 크고 작음이 없습니다.

보살행을 어떻게 하면 될까요?

정성을 다하면 됩니다.

내가 가지고 있는 능력껏 정성을 다했을 때 가장 가치 있는 선행이고 가장 가치 있는 보살행이 될 수 있습니다.

당신이 부처님

부처님을 믿는 이유가 중생의 삶에서 괴로움을 덜고, 원하는 소원을 이루는 정도는 너무 작은 거라고 생각하지 않으세요?

우리 중생들이 기대하는 것과 차원이 다르게 부처님께서 이 땅에 오신 이유는 중생을 향한 무량한 자비심으로 중생들이 생각지도 못할 정도로 큰 것을 주시기 위해 오셨다는 거예요.

부처님께서 이 땅에 오셔서 가르치고자 한 것은 중생들이 근기가 낮아서 이해하지 못한다는 것이에요.

그래서 부처님께서는 큰 가르침을 방편으로 보여 주는데도 기절할 정도로 큰 가르침이어서 중생들이 받아들이지 못해요.

그 가르침은 바로 '네가 부처라는 사실'이에요.

일불승이란 말이에요.

중생의 궁극적인 목표이자 최종의 선택지는 오직 부처가 되는 길 바로 일불승입니다.

부처는 저 허공에 있는 것도 아니고 저 땅속에 있는 것도 아니고 우주공간 그 어디에 있는 것도 아닙니다.

바로 '당신이 부처님'이라고 하는 사실을 깨우치고자 오셨습니다.

생명을 가진 모든 존재가 부처님입니다

법당에 모셔져 있는 불상은 부처님입니까?

부처님 상입니까?

불단에 모셔져 있는 부처님은 부처님 상일뿐이에요.

불상으로 모셔놓은 부처님 상을 바라보면서 거울과 같은 마음속에 있는 부처를 앞에 있는 부처님처럼 끄집어내는 것이 우리가 추구해야 할 목표이자 불자로서의 도리입니다.

그러면 불단에 모셔져 있는 부처님은 부처님 상일뿐이고 진정한 부처님은 어디에 있습니까?

바로 여러분들의 마음속에 있는 그 부처님이 진정한 부처님입니다.

부처님은 내 맘속에도 있고 상대방의 마음속에도 있고 생명을 지닌 모든 중생의 존재가 바로 부처님입니다.

인간이기 때문에 종교

왜 사냐고 물으면 선뜻 대답하기가 어렵습니다.

그런데 모든 생명은 왜 사는지도 모르면서 생명에 집착합니다.

왜 사는 줄도 모르면서 생명에 애착합니다.

유일하게 왜 사는지에 대한 의미와 답을 찾기 위해 고민하고 사유하는 생명이 있다면 그것은 인간이 유일하다고 생각합니다.

물론 저도 인간이 아닌 다른 생명으로 살아보지 않았기 때문에, 아니 살아봤지만 전생의 기억이 없기 때문에 그 부분까지는 알지 못하지만, 적어도 현재 사람이기 때문에 사유를 하고, 사람이기 때문에 고뇌를 하고, 사람이기 때문에 종교도 만들 수 있다고 생각합니다.

복 받을 사람

잘못하는 부분이 있을 때는 아주 잘한다고 이야기하고, 잘못한 게 없으면 조금이라도 흠집을 내어서 상대를 깎아내리고 상처를 주고 싶어서 함부로 말하는 사람들이 많아요.

하지만 절에서는 직책이 있고 없고를 떠나서 할 일이 있는 곳에 또는 일손이 필요한 곳에 자발적으로 찾아가서 정리도 하고 청소도 하고 적극적으로 일을 찾아서 하는 사람은 복을 받을 사람이에요.

그런데 일부 사람들은 그런 선한 행동에도 함부로 말을 합니다.

설치지 말라고 그래요.

그렇게 선한 행위에 대해서 함부로 말하는 것은 큰 죄를 짓는 것이고, 이것을 구업이라고 합니다.

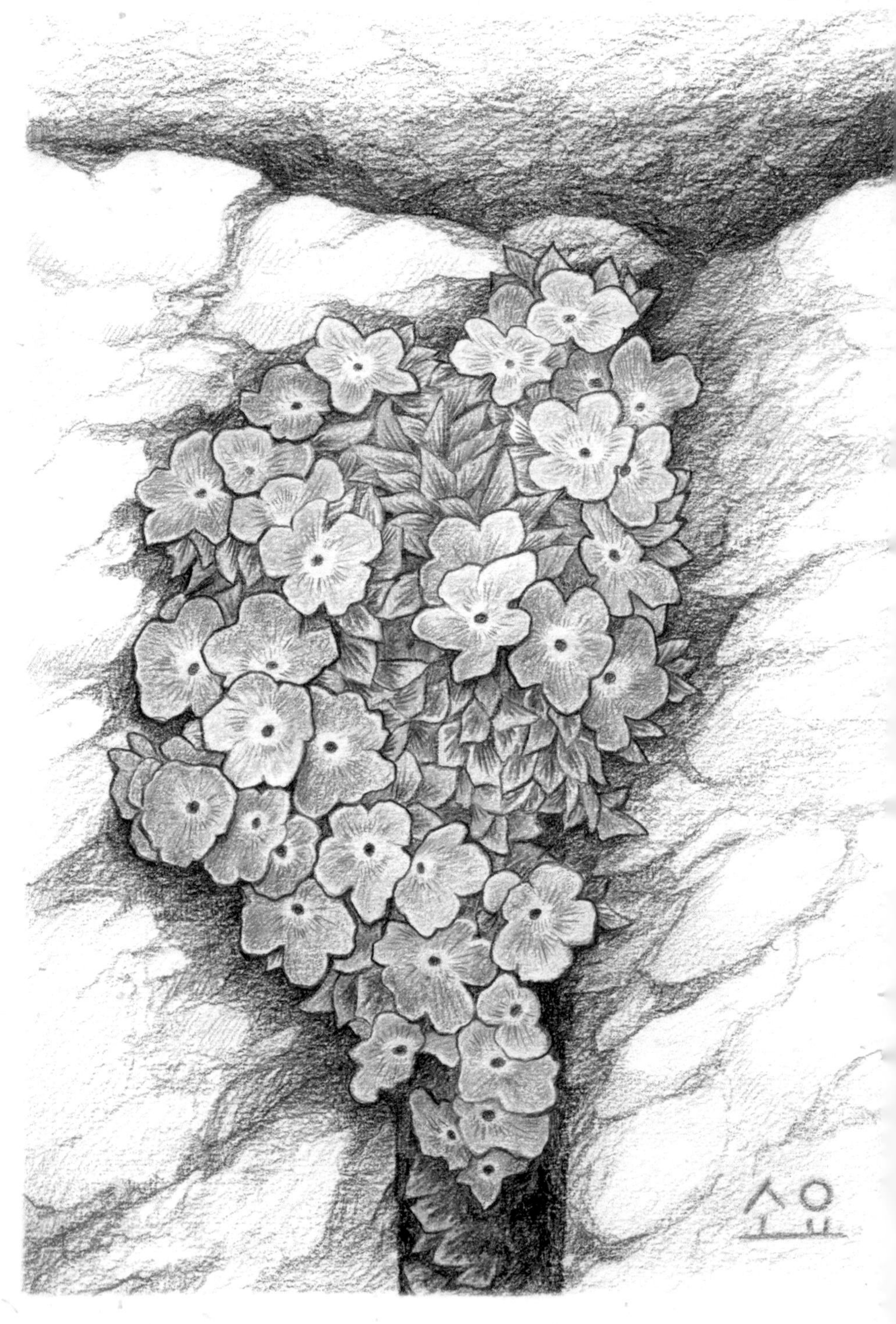

부처님은 다 알아

부처님은 상대방을 보면 상대방이 같이 수행을 했을 때 얼마 후에 깨닫게 된다는 사실과, 그 깨달음을 이룰 때의 이름과 그 사람이 사는 국토의 사람들이 어떤 성품을 가졌으며, 그 나라가 어떤 시스템으로 만들어졌는지 설계도면 보듯이 다 아십니다.

이게 바로 무상정등정각의 깨달음을 이룬 부처님입니다.

걸을 수 있는 행복

얼마 전 제가 병원을 다녀왔습니다.

다른 사람의 도움이 필요 없는 간단한 병증으로 통증이 있어서 이틀 입원을 했습니다.

병원에 있으니까 '그동안 무엇을 위해 살았는가?, 어떻게 살아왔는가?, 이것이 나의 삶인가?' 하는 생각을 하게 되었습니다.

입원실을 자유롭게 오가는 방문객들을 보니 그들의 모습이 저보다 훨씬 더 행복하게 보였습니다.

어디를 향해서 가는지?

무엇을 통해 사는지?

무슨 고통이 있는지?

무슨 즐거움이 있는지?

저는 그들에게 그 사연을 물어본 바가 없습니다.

그럼에도 불구하고 그들이 향하는 발걸음 하나하나는 병원에 누워 있는 나보다 훨씬 더 활기차 보였습니다.

그리고 스스로 이런 생각을 했습니다.

'그냥 저렇게 어딘가를 자신의 뜻대로 마음먹은 곳으로 자유롭게 다닐 수 있고 할 수 있다.'라는 것이 참으로 행복한 삶이구나.

지혜

법화경에서 우리가 만나는 부처님의 가르침을 잘 받아들이고 실천하려는 노력을 하면 지혜가 생길까요?

지혜는 우리의 외부에서 들어오는 것인가요?

아니면 내 안에 숨겨져 있던 것이 드러나는 것인가요?

내 안에 감춰져 있던 게 확연하게 드러나게 되는 것입니다.

이것이 지혜입니다.

예전에 상월원각대조사님께서 '수정궁이 솟아오른다.'는 내용으로 설법을 하셨어요.

지혜란 외부에서 들어오는 게 아니라 바로 내 마음으로부터 솟아 올라오는 거란 말이죠.

불성 또한 마찬가지입니다.

불성이 외부에 있다가 들어오는 게 아니라 누구나 모두 불성의 씨앗을 가지고 있어요.

그 불성의 씨앗이 부처님을 만났을 때, 부처님의 가르침을 만났을 때 내 안에서 솟아 올라오는 거예요.

그게 바로 일불승입니다.

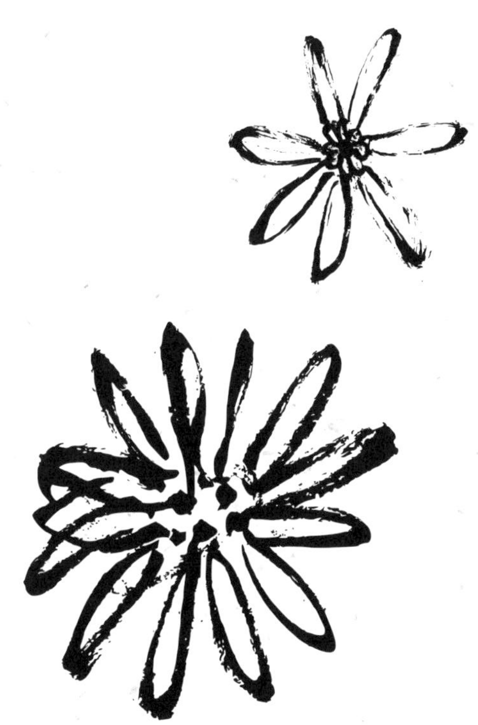

바람이 없는 공덕이 되어야 한다

업(業)은 현실에서 어떤 괴로운 결과로 드러났을 때 그것이 눈앞에 괴로운 현상으로 나타났다고 해서 반드시 괴로운 결과로 끝날까요?

하루살이가 하루밖에 살지 못하면서도 잡으려고 하면 도망을 가죠?

하루의 시간 중에 조금 더 먼저 죽거나 조금 더 뒤에 죽거나 어차피 하루 시간 내에 죽는 거잖아요.

그런데도 그 하루살이는 잠깐이라도 더 살기 위해서 본능적으로 살려고 애를 씁니다.

우리 중생들도 마찬가지예요.

열심히 기도를 했는데 결과가 바로 나타나지 않으면 불신하는 마음을 일으킵니다.

마치 부처님께서 연등을 밝히라고 강요해서 밝혔다고 하는 마음을 가지면 안 됩니다.

공덕은 아무런 바람이 없는 마음, 공덕에 대한 대가를 생각하지 않는 마음, 무주상보시의 마음으로 쌓는 것이 진정한 공덕이 되는 법입니다.

'팔자'를 '구자'로 바꾸는 방법

팔자는 정해져 있는 운명으로 절대 바꿀 수 없을 것 같죠?

그런데 팔자는 바꿀 수 있습니다.

여러분들 마음을 바꾸는 순간 팔자가 바뀌게 됩니다.

수행을 통해서 마음을 바꾸면 행동이 바뀌게 되고 행동이 바뀌면 업연이 바뀌게 됩니다.

이것이 바로 팔자를 구자로 바꾸는 원리입니다.

'팔자'를 '구자'로 바꿔갈 수 있는 지혜로운 사람이 되길 바랍니다.

내 마음을 바꾸는 종교가 불교다

'내가 이 말을 하지 말았어야 하는데 괜히 말해서…….'

이런 생각이 드는 경우는 분명히 마음에 신경 쓰이는 부분이 있는 것입니다. 그런 부분은 두 번 다시 내가 말하지 않으려는 노력으로 자신을 극복하고 점차 습관을 들이며 살아가려는 노력 자체가 바로 진정한 수행자의 모습입니다

그래서 항상 다짐하고 지켜야 할 것 중 하나가 후회할 일을 적게 만드는 것입니다.

후회할 일을 하지 않도록 노력하는 자세로 생활해야 됩니다.

만약 이미 발생된 상황이라면 그 경험을 바탕으로 다시 반복하지 말아야 합니다.

그리고 좋았던 기억이라면 그걸 추억으로 삼아서 나의 행복한 삶을 들여다보고 더 나은 삶을 위해 정진한다면 세상은 한번 살아볼 만하지 않을까요?

그래서 불교는 세상을 바꾸는 게 아니라 내 마음을 바꾸는 법을 가르치는 종교입니다.

공한 시간

마음이 고요해지고 법이 무르익으려면 그만큼 절실하고 그만큼 간절하게 지속적인 시간이 필요합니다.

그래서 제일 중요하게 생각하며 지켜야 하는 것은 변하지 않는 마음입니다.

변하지 않고 꾸준히 한결같은 마음이 중요한 것입니다.

세월의 흐름을 중생의 잣대로 보니까 길고 짧게 느끼는 것이지 삼매의 단계에 들어가면 흘러가는 그 시간조차 아주 공(空)하게 느껴지는 것입니다.

수행을 해 본 사람들은 알겠지만 한 달 안거 수행을 수십 년 동안 한 번도 빠지지 않고 하시는 분들이 있어요.

그분들 이야기를 들어보면 한 달 안거기간이 그냥 눈 깜빡할 사이에 지나간다는 거예요.

기도 수행에 익숙하지 않은 사람은 수행하려고 앉아있으면 하루가 너무 길고 힘들게 느껴지잖아요.

그런데 안거를 오랫동안 하신 분들은 그 하룻밤이 너무 짧은 거예요.

수행의 어느 단계가 넘어가면 그냥 앉으면 행복한 거예요.

공덕의 차이

불교에서는 현세에서 편안하고, 복을 많이 지으면 내세에 좋은 곳에 태어난다고 하지요.

바로 인과, 콩 심은 데 콩 나고 팥 심은 데 팥 난다는 것입니다.

내가 뿌린 대로 거둔다는 것입니다.

우리는 모두 다 같은 인간, 사람입니다.

하지만 똑같은 사람이지만 살아가는 모습도 같은 모습으로 살아가고 있지는 않아요.

우리는 각양각색의 모습으로 살아가고 있습니다.

어디 한 군데라도 똑같은 모습으로 살아가는 사람은 세상에 아무도 없어요.

어떤 사람은 복이 많은 것 같고, 또 어떤 사람은 지지리도 복이 없는 것 같지요?

그럼 복이 있는 사람과 복이 없는 사람은 차이가 있지요.

잘생긴 사람과 못생긴 사람도 차이가 있어요.

우리는 잘생기고 싶습니다.

그런데 잘생기고 싶다고 해서 잘생기는 것이 내 의지대로 되지는 않아요.

그럼 이런 차이는 왜 있을까요?

바로 내가 지은 공덕의 차이, 업의 차이 때문에 생기는 것입니다.

그래서 우리는 업을 잘 지어야 됩니다.

부처님 도량에 와서 스님의 법문을 듣고, 기도를 열심히 하는 것은

본인 스스로 업장을 잘 관리하고 있는 것입니다.

또, 계율을 잘 지키면 나를 잘 관리할 수 있습니다.

보통 사람들은 계율은 나 자신을 구속시키는 쇠사슬이라고 생각하지만, 오히려 나 자신을 지키고 보호하는 것이 계율입니다.

이런 계율을 지키는 것은 상대방을 위한 것이 아니라 나 자신을 위한 것입니다.

나를 보호하는 기능을 하는 것이 바로 계율입니다.

여러분을 견고하게 보호하는 방법

잠을 실컷 자고 나면 더 자기도 힘들 것 같은데 또 자게 되지요.

그래서 잠은 자도자도 또 자고 싶다고 합니다.

이렇게 잠자는 즐거움인 수면욕이 생각보다 강합니다.

이렇듯 우리는 오욕락에 재미를 붙여서 오욕락이 주는 쾌락에 빠져서 살아가고 있는 존재들입니다.

사람들에게 오욕락을 빼면 뭐가 있을까요?

대다수의 사람들은 이 오욕락을 인생의 즐거움으로 삼아서 살아갑니다.

그런데 우리 불자들이 무척 다행스러운 점은 관세음보살 부르는 즐거움을 알고 누리고 있다는 것입니다.

이렇게 불교로 신행생활을 하고 있다는 게 너무 다행인 것입니다.

재산, 명예, 권력, 자식 등 내가 가진 모든 것은 여기에 다 놓고 갈 수 밖에 없지만, 부처님 가르침을 실천하려고 계율을 지키며 열심히 살아온 노력과 관세음보살을 부른 공덕은 두고 갈래야 두고 갈 수가 없는 것들이고 그 힘이 여러분들을 견고하게 보호할 수 있는 원동력이 되는 것입니다.

세상의 주인은 나

불교는 관조(觀照)하는 종교입니다.

관조(觀照)는 볼 관(觀), 비칠 조(照)로 나를 비춰서 보는 것입니다.

즉 나의 참모습을 보고 나아가 영원히 변하지 않는 진리를 비추어 보는 것입니다. 이것이 바로 불교입니다.

일반적인 종교는 신과 인간의 관계를 통해서 어떻게 신의 입장에 맞출 수 있는가? 어떻게 신으로부터 인정받을 것인가? 하는 부분을 고민하지만, 불교는 어떤 신에게 인정받거나 어떤 존재에게 칭찬받으려는 종교가 아니라 내 자신이 나의 마음을 비춰보고 자기 행동을 지켜보고 그에 따라 수반되는 결과에 순응하고 인정하는 종교입니다.

그래서 세상의 주인공이 자신임을 자각하는 종교가 바로 불교이고 부처님의 가르침입니다.

부처님께서 세상에 오신 이유

중생들은 어리석어 괴로움의 원인인 탐진치 삼독에 빠져 불타는 집에 갇힌 아주 위험한 상황에 처해있으면서도 밖으로 나올 줄 모르는 어린아이와 같습니다.

부처님께서 그 어린아이에게 오신 이유는 무엇일까요?

변하지 않는 진리를 통한 영원한 행복을 찾아가는 길을 깨우쳐주시기 위해 이 땅에 오신 것입니다.

오고 가는 법은 둘이 아니다

사람이 목숨을 자기 뜻대로 할 수 있으면 얼마나 좋을까요?

내가 더 살고 싶다고 더 살고, 그만 살고 싶다고 그만 살 수 있나요?

숨을 거두는 마지막 순간에도 "아냐, 나는 조금 더 살아야 돼?"라는 마음을 내어도 내 의지대로 안 되는 것이 목숨입니다.

그런데 부처님께서는 내 의지대로 모든 것이 가능하신 분입니다.

부처님께서 열반에 드실려고 할 때 제자들이 부처님의 열반을 앞두고는 '지금 열반하시면 안 된다.'라고 부처님의 열반을 만류합니다.

이것은 부처님께서 가고 오는 것을 임의로 조절이 가능하여 마음대로 할 수 있는 능력이 있다는 것입니다.

그런데 부처님은 제자들의 만류에도 불구하고 조용히 말씀하십니다.

"아니다. 나는 마땅히 가야 할 인연이 도래했기 때문에 가는 것이다."

그래서 깨달음의 세계에서는 가고옴이 둘이 아니라 오는 것도 법이고, 가는 것도 법입니다.

모든 것은 법에 의지하면 되는 것입니다.

과정의 행복

이 세상에 존재하는 모든 존재는 행복을 추구합니다.

보통 행복은 '결과가 만족스러워야 행복하다.'라고 생각하는 게 일반적인 중생의 모습입니다.

그러나 부처님께서는 결과의 행복이 아닌 과정의 행복이 중요하다고 가르치셨습니다.

십법계의 가르침 중에 '나는 어떤 존재로 세상을 인식할 것인가?'라는 내용이 있습니다.

중생들은 절대와 결과의 행복을 꿈꾸지만 절대와 결과의 행복보다는 과정의 행복을 더 소중하고 중요하게 생각해야 됩니다.

순간순간의 점(點)이 모여서 선(線)이 되고, 그 선(線)이 이어지고 이어지면 면(面)이 되는 이치와 같은 것입니다.

한 번 부르는 관세음보살 나의 운을 크게 바꿀 수 있다

등잔불에 기름이 반쯤 차여 있을 때나, 기름이 가득 차여 있을 때나 그 불빛은 똑같습니다.

그런데 등잔의 기름이 말라서 저 바닥으로 완전히 기름이 다 소멸되면 기름이 가물가물해서 불빛이 적어집니다.

다시 한 방울의 기름을 부으면 살아나는 모습이 보입니다.

기도는 그와 같은 부분입니다.

이미 내가 가지고 있는 공덕에 충실한 사람은 기도를 한 것이나 하지 않은 것이나 차이가 별로 없는 듯 보이고, 말이라는 언어 수단 자체가 큰 가치가 있어 보이지 않지만 한 번 부르는 관세음보살은 한 번 부르는 긍정적 사고의 하나는 나의 운을 크게 변화시키는 바탕이 될 수 있습니다.

인연은 만들어 가는 것

인연은 만남 이후에 그 만남을 아름답게 가꾸어가는 과정이 훨씬 더 가치 있고 소중합니다.

부부관계는 청춘남녀가 연애를 하는 것과는 큰 차이가 있습니다.

연애할 때는 서로 좋은 것만 볼 수 있지만 부부가 되면 좋은 것만 볼 수 있는 것이 아닙니다.

상대방의 감춰진 면의 구석구석까지 빈틈없이 모든 것을 다 노출시키고 보여주지 않으면 안 되는 관계가 바로 부부입니다.

청춘남녀가 연애를 할 때는 싸울 일이 크게 없습니다.

그리고 싸움이 일어나더라도 서로 다시 만나지 않으면 된다라는 자유로운 관계로 서로 얽매여있지 않습니다.

그러나 결혼을 해서 부부의 관계로 맺어지면 좋아도 봐야 되고, 싫어도 봐야 되는 인연이 되기 때문에 인연은 만남 이후에 서로 아름답게 만들어가는 소중한 관계입니다.

바다와 같은 마음

좋은 사람을 좋아하는 것은 누구나 할 수 있는 일입니다.
좋은 사람을 좋아하는 부분에는 수행과 노력이 필요 없습니다.

수행은 내가 미운 사람을 좋게 보는 것입니다.
내 눈에 벗어난 사람을 좋게 보려고 애쓰는 게 수행입니다.

평소 싫어하는 사람의 행동에 대해 시비하지 마세요.
그것도 모두 내 마음이 잘못된 것입니다.
내 마음은 바다와 같은 마음이 되어야 합니다.

바다가 세상의 모든 것들을 거부하지 않고 다 받아들이는 것처럼 나의 마음도 바다와 같아야 합니다.

칭찬의 요령

칭찬은 고래도 춤추게 한다는 말이 있습니다.

칭찬 거리를 잘 찾아내는 부모가 훌륭한 부모입니다.

칭찬 거리는 찾아내어야 되는 거예요.

칭찬할 만한 것을 칭찬해야지 칭찬할 만하지 않은 부분을 칭찬을 하게 되면 아이는 잘못됩니다.

그러니까 너무 넘쳐도 문제고, 너무 부족해도 문제예요.

그런데 오늘날 우리는 자녀를 기를 때 칭찬과 비난 중 어느 것을 더 많이 찾아냅니까?

칭찬 거리는 잘 보이지 않고, 오히려 비난거리만 잘 보여요.

그게 문제인 거예요.

우리는 자녀를 양육할 때 비난거리는 적게 하고 칭찬거리는 많이 발굴해야 됩니다.

이것은 관찰을 깊게 해야지만 가능한 부분이에요.

그래서 비난을 많이 당하고 자란 아이보다는 칭찬을 많이 받고 자란 아이는 훨씬 다른 모습이에요.

부처님께서도 설법하실 때 "선재선재로다."라는 말씀을 많이 하셨습니다.

착하고 착하다는 것이죠.

도는 가난하지 않아

관세음보살을 부르는 데 돈은 필요가 없습니다.

돈이 없어서 가난하게 살지만, 내 마음 닦는 것은 돈과 아무런 관련이 없습니다.

사람은 가난해도 도(道)는 가난하지 않습니다.

한결같은 마음으로 자신의 마음을 닦고 행을 닦는다면 언제나 도(道)의 한가운데 머물게 될 것입니다.

종교

종교의 역할은 다양합니다.

그중에서도 종교는 순기능의 역할이 더 크다고 생각합니다.

타 종교도 마찬가지입니다.

나쁜 짓 하라고 가르치는 종교는 없습니다.

물론 종교도 신중하게 잘 선택해야 합니다.

종교 때문에 이혼을 하고, 종교 때문에 가정이 파괴되고, 종교 때문에 부모하고 의절을 하는 경우가 있다면 이것은 종교의 순기능이라고 할 수 없습니다.

종교는 착함을 가르쳐서 선(善)함을 배양하도록 하는 것이 바탕이 되어야 합니다.

제대로 된 올바른 종교는사회의 많은 부분에서 순기능의 역할을 합니다. 부처님이 탄생하는 나라에는 진리를 그리워하는 사람이 헤아릴 수가 없을 정도로 많습니다.

적멸, 고요

'불사선(不思善) 불사악(不思惡)' 하라.

착한 마음도 내지 말고, 악한 마음도 내지 말아야 합니다.

마음을 내지 않는 가운데 고요함이 있는 것이고, 마음을 내지 않는 상태가 바로 적멸입니다.

아무리 세상이 시끄럽고, 아무리 환경이 나쁘다 하더라도 내가 마음을 내지 않으면 고요해서 적멸의 상태에 이르게 되는 것입니다.

그런데 고요한 마음을 찾으려는 생각은 하지 않고 분별심을 가지고 세상을 보니까 세상이 출렁거리고 혼란스러운 것입니다.

모든 법은 인연에 따라 생성되고 인연에 따라 사라지는 게 진리입니다.

옳지 않은 수행자

저 또한 진리가 저곳에 있다고 손가락으로 가리킬 뿐이지 결코 제가 진리의 당체는 아닙니다.

손가락으로 달을 가리키면 달을 쳐다봐야지 왜 손가락을 쳐다봅니까?

제가 손가락으로 가리키는 곳은 "저곳에 진리가 있으니까 우리 함께 저 진리를 찾아 갑시다."라고 하는 뜻이지 제가 진리의 당체는 아니란 말입니다.

간혹 일부 출가자들이 자신은 도(道)를 이뤄서 다 아는 법이 생겼다며 아는 소리를 하여 혹세무민하는 경우가 있습니다.

그러면 거기에 혹해서 쫓아다니는 사람들도 생기지요.

속아서 쫓아다니는 사람들이나 그와 같은 행위를 하는 사람이나 결코 바른 수행자의 태도는 아닙니다.

〈제3장〉

마음의 여유

영가의 힘

영가(靈駕)나 신통력이 분명히 있다고 하죠?

우리가 지금은 살아있기 때문에 오히려 더 많은 부분을 보지 못하는 경우가 많습니다.

눈에 보이는 것만 인정하는 것이 과학이고, 눈에 보이는 것만을 인정하는 것이 현실적이고 일반적인 현상이겠죠.

그렇지만 눈에 보이는 현상이 전부가 아니라는 것이에요.

예를 든다면 '영가(靈駕)는 산 사람보다 의식이 9배나 더 밝다.'라는 이야기가 있습니다.

우리들의 의식보다 9배가 더 밝다고 하면 우리들은 '안이비설신의'라는 육근이 '색성향미촉법' 육경의 대상을 만나서 작용하는데 그 반응작용이 9배나 더 늦다는 뜻이죠.

육체로 지각하고 인식하는 작용이 오히려 육체가 없이 정신적·영적인 반응 작용이 훨씬 더 빠르고 감각적이라는 이야기죠.

그래서 '영가가 산 사람보다 의식이 9배가 더 밝다.'라고 말하는 것이고 9배나 빠른 반응을 하는 것은 분명히 영적으로 어떤 강한 힘을 갖고 있는 것이라고 생각합니다.

우리는 이 세상에 태어나기 전 어디에 있었을까

부처님의 탄생일은 부처님께서 이 사바세계에 오신 날입니다.

'오셨다'는 뜻은 어딘가에 계셨다가 오셨다는 의미인데 "어디에 계셨나?"라고 여쭈었더니 부처님은 사바세계에 오시기 전에 "도솔천 내원궁에서 호명보살로 살고 계셨다."라고 말씀을 하셨습니다.

이것이 우리 중생과 부처님의 차이가 아닐까 합니다.

여러분들은 현재 이곳에 살고 있습니다.

어머니와 아버지의 몸과 정신을 빌어서 이 세상에 태어나서 생명체로서 살고 있는데, 여기 오시기 전에 어디에 계셨는지 아시나요?

고집

행복과 불행은 둘 다 우리의 마음에 있는 것입니다.

행복과 불행은 서로 극과 극인데 마음 하나 바꾸면 불행이 행복이 되고, 행복이 불행이 되어 마음먹기에 따라 세상이 달라집니다.

그런데 그 마음을 바꾸지 못하고 끝까지 자기 생각이 옳다고 주장하는 것을 고집이라고 합니다.

고집은 고통스러운 집착입니다.

내가 내 마음을 확 바꿔서 상대방과 소통을 하면 편안해집니다.

상대방의 마음이 편한 것이 아니라 바로 내 마음이 편안해지는 것이죠.

그러니까 지옥을 가는 것도 고집을 버리지 못하는 사람이 가는 거예요.

꽉 막혀서 고집스럽게 우기며 외부와 소통을 거부하며 인생을 사는 사람은 스스로 괴로움을 만들어내는 것이죠.

그것은 상대방을 괴롭게 만드는 것보다 자기 자신이 훨씬 더 괴로울 수밖에 없습니다.

자기 마음을 이겨야

중생을 제도하는 것이 제일 어려운 것 같습니다.

자기 마음도 이기지 못하면서 어찌 남의 마음을 이길 수 있겠어요.

먼저 자기 마음을 이겨야 남의 마음도 이기게 됩니다.

인욕으로 마음을 다스려서 자기 마음을 이길 때 남을 설득할 수 있습니다.

어떤 마음으로 열심히 살았는가

간혹 어떤 사람들은 이렇게 이야기를 합니다. "절에 다니는 사람이나 안 다니는 사람이나 똑같아. 절에 가면 밥이 나와? 떡이 나와?"

절에 와서 설법을 듣고 부처님 가르침을 공부하지 않으면 절대 알 수 없습니다.

절에 와도 법화경 강의 들으니까 조금씩 알아가서 지혜가 생기는 것이지 가뭄에 콩 나듯이 절에 와서 법문 한 번씩 듣고 가서는 이런 공부를 못 합니다.

그렇게 20년, 30년 절에 다녔으면 뭐하겠어요?

공부를 안 했는데 절에 와서 열심히 들어보니 아 그 말이 맞네 나는 열심히 살았을 뿐인데 당연히 좋은데 가겠지 생각하지만 어떤 마음으로 열심히 살았느냐가 더 중요합니다.

있는 그대로의 세상을 바라보는 마음의 여유

육조혜능대사의 일화 중에서 스님들 사이에 '깃발이 흔들리는 것이다. 깃발이 아니라 바람이 흔들리는 것이다.' 라는 논쟁이 붙었을 때, 혜능대사는 "깃발이 저절로 흔들리는 것도 아니고, 바람이 불어 깃발이 흔들리는 것도 아니라, 논쟁하는 그대들의 마음이 흔들리는 것이다."라는 가르침을 주셨습니다.

우리의 현실적 삶에서 좁게 보면 다툼이 난무합니다.

그러나 한걸음 떨어져서 보면 그런 다툼은 별 의미 없는 논쟁일 뿐이라는 사실을 알게 합니다.

우리는 세상을 구성하는 공동체의 일부분이라는 명확한 인식을 갖고 다툼과 갈등으로 세상을 살아가려 하지 말고, 있는 그대로의 세상을 바라보는 마음의 여유를 가져야 합니다.

그래서 고요한 가운데 깨어있고, 깨어있는 가운데 고요한 성성적적(惺惺寂寂)의 마음으로 항상 나를 돌아보며 성찰해 가는 삶의 여유를 가질 필요가 있습니다.

항상 맑은 행

법화경 수기품에 "항상 맑은 행을 닦아 보살도를 갖춘 끝에 최후신(最後身, 유전윤회의 생사가 끊기는 최후의 몸) 때에 성불하리라."라고 부처님께서 말씀하셨습니다.

맑은 행이라는 뜻은 탁하지 않은 거예요.

우리는 내 행동이 맑은지 맑지 않은지 본인 스스로가 잘 압니다.

복 받을 행동을 했는지 업 받을 행동을 했는지 계율을 배웠기 때문에 본인 스스로가 더 잘 알아요.

옳은 행동인지 옳지 않은 행동인지 본인이 잘 알고 또 그 행위가 본인에게 업으로 남게 됩니다.

그래서 업은 어떤 절대적인 제3의 요인이 나의 업을 기억해서 과보로 돌려주는 것이라고 생각하는데 그것은 아주 잘못된 생각입니다.

어떤 제3의 존재가 나를 기억해서 구속하고 과보를 주는 게 아니라 모든 것의 원인은 자신이라는 사실을 명심하시고 자신의 행동으로 자신이 걸려 넘어지는 어리석음은 범하지 말아야 하겠습니다.

빙산의 일각

눈에 보이지 않지만, 반드시 부처님의 가피는 존재합니다.

그 가피가 반드시 이루어지기를 부처님 전에 축원하고, 또 갈망하지요.

이 세상에는 눈에 보이는 부분도 있지만 눈에 보이지 않는 영역도 매우 크지요.

많은 사람들은 눈에 보이는 부분만 가지고 행복을 구하는 사람들이 많습니다.

하지만 이것은 빙산의 일각입니다.

저 북극의 얼음이 녹아서 빙산이 물 위에 떠다니는 것을 보면 크고 거대합니다.

그렇듯이 우리의 삶 또한 그렇지 않을까요?

근기

우리가 기도를 해 보면 사람들마다 많은 차이가 있다는 것을 알 수 있어요.

어떤 사람은 기도하려고 앉으면 그냥 몇 시간을 편안하게 하는 사람이 있어요.

이것은 근기가 다른 거예요.

이렇게 안 되는 사람이 많아요.

앉으면 궁금해서 밤새도록 눈을 못 감아요.

이거 쳐다보고, 저기 가서 답하고, 여기 간지러워 긁어야 하고, 저기 긁어야 하 가만히 있는 양말을 벗었다 신었다 합니다.

근기가 그 정도뿐이 되지 않으니

집중을 할 수 있는 미래를 만들어 가는 데는

근기가 대단히 중요한 부분이 될 수 있습니다.

법회는 사람이 오기 전에 운이 먼저 온다

상관없이 불법과 함께하면 결코 잘못될 리가 없습니다.

사찰에서 법회를 한 달에 1~2번 봉행합니다.

그런 법회는 빠지지 말아야 됩니다.

정해진 법회 날은 사람이 오기 전에 먼저 운이 와 있다고 합니다.

법회에 참석하는 것만으로도 그 운을 받아가는 것이 되고, 큰 공덕이 되는 것입니다.

앞으로도 평생 법회에 빠지지 마시고, 수행의 끈을 놓지 마시고, 하루하루라도 복을 짓는 일을 놓지 않으면 세세생생 부처님과 인연이 되고, 늘 부유하고 행복하고 병 없이 즐거운 삶을 영위해 나갈 수 있습니다.

더불어서 우리가 성불할 수 있는 삶을 틀림없이 살게 될 것입니다.

변하지 않는 마음

어떤 사람이 공덕을 더 잘 지을까요?

부자가 공덕을 짓는 것은 낙타가 바늘구멍을 통과하는 것만큼 어려운 것 같아요.

오래전 과거, 내가 어렸을 때 기도를 열심히 해서 부처님의 가피를 받았다면 우리는 시간이 흘러도 내가 받은 부처님의 가피를 잊어버리지 말아야 해요.

그런데 보통 사람들은 화장실 갈 때 마음과 올 때의 마음이 달라져요.

그래서 문제가 되는 것입니다.

변하지 말아야 되는데, 마음이 변한단 말이에요.

내가 과거에 많이 힘들고 어려웠지만 기도를 통해서 가피를 얻었어요. 가피를 받은 다음에 기도를 더 열심히 한다면 우리는 가피를 얻은 것 이상으로 더 많은 것을 얻을 수 있어요.

그런데 어느 정도 되고 나의 소원이 이루어지고, 부처님의 가피를 받고 나면 '그게 진짜 기도를 해서 됐을까? 그냥 될 게 됐겠지. 기도한다고 됐겠어?'

이런 생각을 할 때가 있습니다.

이런 마음은 결국 나의 신심을 약하게 하는 것이 됩니다.

모든 중생이 착하게 살아라

한 사람이 어떤 마음을 쓰느냐에 따라서 나라를 일으킬 수도 있고, 나라를 망칠 수도 있어요.

대조사님을 생각해 봅시다.

대조사님께서는 우리가 생각하고 있는 불교를 그렇게 좁게 보지 않으셨어요.

대조사님이 바라셨던 불교는 천태종이라는 한 부분으로 국한하신 분이 아닙니다.

편의상 천태종, 조계종, 화엄종, 법화종 등등 이렇게 종단으로 분류를 하지만 대조사님은 우주, 인류, 법계로 아주 크게 보신 분이예요.

차별을 하지 않으셨지요.

절 안에서만 선이 아닌 우주 법계의 착함이 세상을 구할 수 있다는 말씀을 하셨고 그 착하지 않음이 세상을 흔들 수도 있다. 하셨어요.

그래서 모든 중생 중생이 착함이 본질이 될 수 있는 마음을 가지고 살아라.

이것이 대조사님 가르침의 근본입니다.

부처님의 씨앗

돈이 있다고 쓰는 것도 아니고 없다고 못 쓰는 것도 아닙니다.

좋은 일을 하는 사람들이 있다고 좋은 일을 하는 게 아니에요.

내 나름대로 손톱여물을 쓸어가면서도 누군가에게 보탬이 되고 싶은 마음으로 사는 사람이 있어요.

그것은 공덕을 지어본 사람만이 가능한 것이지 아무나 할 수 있는 부분이 아니에요.

타고나는 부분도 있지만 나는 굶어도 상대방의 아픔을 절대 지켜보지 못하는 그런 마음이 자비예요.

그것이 부처님의 씨앗이에요.

부처님의 씨앗은 빗자루를 타고 날아다니는 것이 아닌 적지만 실행할 수 있는 선의 씨앗입니다.

불교는 착함, 선함을 무시하지 않습니다.

내 마음 바꾸는 게 불교

각자 마음의 크기를 봅시다.

우리가 마음을 좁게 사용할 때는 바늘구멍 하나도 통과하기가 어렵습니다.

그런데 마음을 넓게 쓸 때는 모든 부분을 다 담아도 남을 만큼 엄청 넓어요.

그럼 마음은 어디에 있나요?

내 마음이 다른 사람의 마음에 있는 것이 아니라 내 안에 그 마음이 있지요.

마음이 내 마음 안에 있음에도 불구하고, 그 마음을 사용하는 것이 내 맘대로 되지 않아요.

불교를 공부한다는 것은 결국 내 마음을 바꾸는 것입니다.

내 마음 바꾼다는 것은 진정한 내 자신을 찾는 것이지요.

개시오입

천태종 소의경전인 묘법연화경에 개시오입이라는 말이 나옵니다.

'개' 열고,

'시' 보여주고,

'오' 깨닫게 하고,

'입' 들어오게 하기 위함이다.라는 의미입니다.

그럼 연다(開)는 것은 무엇을 여는 것일까요?

우리는 중생입니다.

중생은 깨끗하지 않은 것으로 쌓여 있어요.

안이비설신의 육근이 색성향미촉법의 대상인 육경을 통해서 끊임없는 번뇌를 일으키고 있지요.

그렇기 때문에 우리 중생은 깨끗하지 않은 부분이 존재하니 이 부분을 깨버려야 된다는 것입니다.

그것을 깨어버리면 열어주신단 말입니다.

시(示)는 번뇌가 없어진 자리, 즉 부처님과 같은 깨달음의 세계를 말합니다.

아주 청정함만이 존재하여 있는 그대로의 제법실상이 드러나 보이는 것이지요.

오(悟)는 깨닫게 하는 것인데, 내 스스로가 '아, 내 마음에 불성이 있다.'라는 사실을 아는 거예요.

입(入)은 증입으로 제법실상을 증득해서 내 스스로가 제법실상의 주인공이 될 수 있도록 열심히 수행정진하여 부처님의 경지에 들어오도록 하는 것입니다.

결국 개시오입을 완성하면 부처님입니다.

관세음보살을 일심으로 부르면

말은 우리의 뇌세포를 변화시킨다고 합니다.

그래서 우리가 말버릇 하나만 고쳐도 운명이 바뀔 수 있다는 거예요.

그러니까 여러분!

뇌세포를 변화시키면 소원이 이루어지기도 하고 건강을 해친 사람이 건강을 회복하기도 해요.

왜 그럴까요?

기적이라는 부분을 생각해 봅시다.

우리가 구인사에 가면 소원이 하나는 이루어진다고 하지요.

그래서 사람들은 소원이 이루어진다고 해서 구인사에 가는 사람들이 있어요.

여러분들은 구인사에 왜 가시나요?

소원성취하기 위해 구인사에 가는 것은 아니지요.

만약 소원을 이루기 위해 구인사에 간다면 일반적으로 소원을 이루는 방법인 부적을 써 준다거나 이런 것은 없어요.

그냥 두 눈을 살며시 감고 관세음보살만 부르라고 합니다.

관세음보살을 열심히 부르라는 그 말만 믿고 열심히 기도하는 사람들은 그 속에서 정말 믿지 못할 부처님 가피가 이루어지게 되지요.

이런 가피를 받은 사람들을 통해서 오늘날 구인사는 짧은 역사임에도 불구하고 전국 지역에서 가장 소원이 잘 이루어지는 도량으로 자리를 잡았습니다.

정성의 탑

우리는 삶이 어떤 것이라고 생각하며 살고 있나요?

혹 우리가 중생이기 때문에 중생으로 살아가는 삶이 전부라고 생각하며 살고 있지는 않은지요?

가끔 절에 와서도 스님을 가르치는 분들이 있어요.

그리고 저한테 와서 사업하라고 가르치는 사람들이 많아요.

이런 경우가 없다고 생각하시죠?

아니에요. 이런 경우가 많아요.

"스님! 시주 받는다고 얼마나 힘드십니까? 이거 돈 놓고 돈 먹기 하면요, 그 시주 안 받아도 얼마든지 돼요."라고 가르치는 사람들이 많아요.

그럼 전 어떻게 해야 될까요?

그렇게 말하는 사람들한테 "아닙니다. 우리는 돈을 보고 사업을 하는 곳이 아니라 불사를 하는 곳입니다. 불사는 일체중생들이 아끼고 아낀 마음을 모으고 모아서 그 정성으로 탑을 이루고, 정성으로 이룬 탑이 결국은 무량의 공덕을 짓게 되는데, 이러한 공덕을 이루는 자체가 불사입니다."

이렇게 설명을 하고, 이런 마음을 가지고 있어야 됨에도 불구하고, 중생이다 보니까 가끔은 그런 이야기에 귀가 솔깃할 때가 있어요.

콩 심은 데 콩 나고 팥 심은 데 팥 난다

어떤 것을 믿는 것은 중요하지 않다고 생각해요.

자신들이 착하게 살면 되는 거예요.

잘못된 믿음이 본인이 가지고 있었던 죄도 없애준다라고 하는 것이 문제예요.

우리는 살아가면서 항상 착하고 바르게 살면 되는 것이에요.

절에 꼭 오지 않아도 착하게 살면 다음 생에 좋은 데 가요.

오히려 절에는 오는데 나쁜 행동이나 생각, 말을 하면 지옥에 가지요.

이것이 불교의 근본이치입니다.

어딜 가는 것이 중요한 게 아니고 어떤 행동을 하느냐가 더 중요한 것이죠. 그런데 가장 큰 문제는 잘못 생각해서 내가 지은 죄도 다 없애준다라고 하는 게 문제지요.

세상에 그런 법은 없어요.

콩 심은 데 콩 나고, 팥 심은 데 팥 나는 것이 진리예요.

선인선과, 악인악과지요.

이게 부처님의 가르침이에요.

좋은 사람

좋은 사람을 만나면 행복하고 미운 사람을 만나면 불행합니다.

그래서 우리는 매순간 좋은 사람만 만나기를 원합니다.
좋은 사람을 만나게 해달라고 기도합니다.

그럼 나 자신은 좋은 사람인지 생각해 보세요.

좋은 사람을 만나게 해 달라고 기도하기보다는 내가 먼저 좋은 사람이 되기 위해서 노력하면 기도보다 훨씬 빨리 그 소원이 이루어질 거라고 생각합니다.

공덕

누가 하든지 간에 절에서 청소를 하면 찬사를 보내고 칭찬해야 되지 않나요?

누가 해도 해야 될 일임에도 불구하고, 본인이 먼저 일을 하면 다른 많은 사람들은 혜택을 입는 거잖아요.

누군가가 이름도 없는 곳에서 그 냄새 나는 화장실을 정말 구석구석 청소하면 그 사람이 보살이에요.

그런데 청소하는 분도 평가받으려는 생각을 하면 서운한 게 많아져서 안 돼요.

그냥 내가 좋아서, 내가 복 짓기 위해서 하는 걸로 생각해야 됩니다.

이렇게 생각할 때 공덕은 크게 됩니다.

요즘 시어머니들은 억울해요

옛날에는 시어머니가 공경의 대상이었습니다.

옛날에는 시어머니는 갑이었고 며느리는 을이었어요.

그래서 시어머니는 며느리에게 시집살이를 시킬 권리가 있었어요.

누가 그 권리를 줬을까요?

시어머니는 내가 당한 바가 있기 때문에 '나도 그럴 수 있다.'라고 하는 작위적 사고를 했을 뿐입니다.

그런데 요즘 시어머니들은 아주 억울해요.

요즘 자기가 당한 걸 돌려주려고 해도 며느리가 안 받아요.

존경스러운 어머니

남편을 칭찬할 때는 남편 앞에서 하는 것보다 남편이 없을 때 하는 칭찬이 더 멋있어요.

특히 우리 아이들한테는요.

"세상에 너희 아버지 같은 사람 없다."라고 칭찬을 해주세요.

아버지가 노가다 가서 일을 해도 자녀들한테는 "네 아버지가 비록 지금은 품을 팔고 살지만 때를 잘못 만나서 그렇지 원래는 때만 잘 만났으면 대통령을 하고도 남을 사람이다."라고요.

이렇게 이야기를 하면 그 아이가 무슨 생각을 할까요?

긴가민가하겠죠.

'아 우리 아버지는 훌륭하신 분인가 보다. 우리 아버지는 대단하신가 보다.'

대단한 아버지가 돼야 아이 목에 힘이 들어갑니다.

그 아버지가 힘이 없는데 아이는 기죽을 수밖에 없잖아요.

그런데 그 아이가 그렇게 성장을 하고 철이 들면 아버지가 안 되어 보이고 그 어머니가 존경스러워 보여요.

욕심

마음의 본바탕은 끝없는 허공처럼 텅 비어 아무것도 걸릴 것이 없고, 유리거울처럼 청정하여서 티끌 한 점 없느니라.

마음이 본래 청정하다는 거예요.

생각해 보면 복잡하게 생각했던 부분도 골똘히 생각해 보면, 고민의 끝은 무엇 때문일까요?

바로 욕심 때문입니다.

욕심 툴툴 털어버리면 아무것도 아닙니다.

수행의 본질은 현실을 집중하는 곳

할 수 있는 일을 하는 사람이 지혜로운 사람입니다.

그런데 요즘은 할 수 없는 일을 욕심내는 사람이 많습니다.

할 수 없는 일을 목표로 정합니다.

그리고 좌절합니다.

그리고 세상에 모든 부분을 원망합니다.

원망의 내용을 보면 묘합니다.

나는 전생에 무슨 죄를 지었기에 이렇게 하는 것마다 안 되느냐고 묻습니다.

그래도 양심은 있습니다. 그게 업입니다.

수행의 본질은 오직 과거를 잊어버리고 미래를 근심하지 않으며 있는 그대로 현실을 집중하는 부분이 수행의 본질이라는 사실을 기억하시기 바랍니다.

현실을 행복으로 만들어 가시기 바랍니다.

현실을 좋게 보려고 애쓰시기 바랍니다.

좋은 걸 보는 사람에게는 정토가 됩니다.

기도자 공부자

절에 오는 사람은 스님이 됐든 누가 됐든 간에 현실적 고통을 없애기 위해 절에 오는 거지, 부처가 되기 위해서 오는 것은 쉽지 않아요.

처음에는 그 고통을 없애기 위해서 기도를 하다가 그 마음이 커지면 그까짓 고통은 아무것도 아닙니다.

이제 내가 정말 마음공부를 해 봐야 되겠다.

그래서 공부자와 기도자가 명확히 구분이 되지요.

공부자와 기도자가 똑같이 관세음보살을 부르는데 이 사람은 공부자라고 말하고 이 사람은 기도자라고 말하는 이유가 무엇일까요?

소승의 법에 탐착하는 사람은 기도자이고 대승의 법에 목적을 정하면 그 사람은 공부자가 되는 것입니다.

그 마음의 본질이 어마어마하게 큰 차이를 만들어내는 것입니다.

깨달음

불교에서 해탈을 이야기합니다.

깨달음이라고 이야기하는데, 깨달음은 눈 감고 앉아서 삼천대천세계를 굽어볼 수 있는 부분만을 흔히 깨달음이라고 이야기를 합니다.

그런데 깨달음은 그렇지 않습니다.

순간순간 깨닫는 거죠.

순간순간 깨닫는다는 것은 잘못되어진 부분을 확인하고 잘못되어진 부분을 반복하지 않기 위해서 나 자신의 마음을 고치고 나 자신의 행동을 고치는 것 자체가 바로 깨달음이라고 볼 수 있습니다.

과거는 바로 어제가 과거가 아니라 좀 전에 우리가 있었던 행위가 바로 과거입니다.

이런 과거나 업에 매인다고 생각하기보다 그것을 통해서 현실을 살아갈 수밖에 없습니다.

그래서 어제가 없는 오늘은 있을 수가 없고, 오늘이 없는 내일도 있을 수가 없는 것입니다.

그 순간순간 나 자신을 돌이켜 볼 수 있는 행위가 바로 깨달음입니다.

남과 다르게 마음 내는 것

내가 남과 다르려고 하면 남과 다르게 마음을 내야 남과 다를 수 있습니다.

남과 같이 하면 남과 같이 될 수밖에 없습니다.

남이 하지 않는 부분을 하나 더 하려고 마음을 내는 것이 진실한 불자들의 도리가 아닐까요?

〈제4장〉

지식과 지혜

무한 생명

부처님 가르침이 무엇일까요?

무한 생명, 영원한 생명, 영원한 주인, 우리가 지금 불교 공부를 하는 부분은 지금 이 육신이 존재했을 때, 처음도 좋고 중간도 좋고 끝도 좋아야 된다.

그게 무슨 말인지 우리 잘 이해를 못 했었잖아요.

영원히 공가중 삼제원융이 계속 도는 거예요.

원융이란 말입니다.

딱 끊어지는 부분이 아니라, 이렇게 연결되고 저렇게 연결해 주고 계속 연결고리가 이어지듯이 우리 삶이라는 자체가 그렇게 연결고리로 점철되어 있다는 것입니다.

세상의 주인이 되는 방법

여러분 세상은 절대 바뀌어지지 않습니다.

기도를 한다고 내 남편이 바뀌어질까요?

기도를 한다고 내 아이가 바뀌어질까요?

기도를 한다고 물이 거꾸로 흐를까요?

아니요.

사람은 바뀌지 않습니다.

세상은 바뀌지 않습니다.

있는 그대로의 에너지가 있는 그대로의 에너지로 흘러가는 것이 법입니다.

물이 흐르듯 그렇게 흐르는 부분입니다.

그 흐르는 물을 어떻게 사용하느냐 하는 부분은 오직 내 마음과 내 의지에 달려있습니다.

어떤 마음으로 세상을 대할 것인가, 탐내고 성내고 어리석음으로 누군가를 반드시 이겨야만 살 수 있다고 생각하면 본질적 인간의 본능에서 벗어나서 부처님 가르침으로 변화시키는 부분이 내가 될 때 세상의 주인은 바로 나요!

세상의 편안함이 바로 나로 인해서 창조된다는 사실을 알게 될 것입니다.

안방에 도가 있다

어느 날 아난존자가 부처님께 여쭈었어요..

"부처님 1250의 비구가 평화롭게 소통하고 평화롭게 삶을 영위한다면, 그것이 우리가 추구하고 있는 도의 반을 이룬 게 아니겠습니까?"

부처님께서는 "아난아! 그것은 도의 반이 아니고 도의 전부이니라." 라고 말씀하십니다.

그것이 도라는 이야기입니다.

도는 반드시 원홍사 법당 안에서만 이루어지는 것이 아니라 여러분들 안방에도 도가 있다는 것입니다.

남편이 이야기하는 부분이 조금 덜 맞아도 넉넉하게 이해하려고 애쓰고, 아내가 화를 내면 '이유가 있으니까 화를 내겠지.' 하고 받아줄 수 있는 여유로움이 도이고, 말도 안 되는 소리를 하는데도 불구하고, 들어줄 수 있는 부분이 도입니다.

세간해

2대 종정 스님 계실 때 도를 물으러 오는 분도 계시지만 세상을 물어보러 오시는 분도 있었어요.

세상에 사시는 분들이 세상에서 원하는 부분을 채우고 싶은 마음으로 오는 거 아니에요?

그럼 큰스님께서는 세상에 안 나가시고 산중에만 사신 분이 세상에 궁금한 걸 물으러 오면 답을 정확하게 할까요?

상식적으로 생각하면 못 해야 되잖아요.

그런데 큰스님께서는 세속에 나가보신 일이 없어도 세상일에 대해서 물으면 무불통지셨어요.

이렇게 해 저렇게 다 맞아떨어지죠.

이것을 세간해라고 합니다.

부처님은 세상에 살지 않았지만 그 누구보다도 세상을 이해하는 데 완벽하신 분이셨어요.

생각, 말, 행동, 습, 업

업은 어디서 왔을까요?
부처님이 주셨을까요?
하나님이 주셨을까요?
누가 줬을까요?

이 세상의 모든 부분은 마음으로부터 비롯됩니다.
그래서 마음 통해서 말이 나옵니다.
생각 없이 말하는 거 봤습니까?
마음에 품고 있었던 부분이 결정체로 발설되는 게 말입니다.
생각 없이 말하는 사람 없습니다.
언중유골입니다.
말 속에는 반드시 그 사람의 생각이 들어있어요.

생각이 말로 나오고 말이 행동으로 옮겨지고 행동이 반복되면 습이 되고, 습이 반복되면 업이 되는 것입니다.

참회합니다

공곰이 생각해 보면 부끄러운 게 한두 가지가 아니에요.

출가해서 6개월 만에 신도들한테 법문을 했어요.

그때 제가 뭘 알았겠어요.

나보다 수십 년을 다닌 사람들이 있는데, 법문을 하고 다녔으니 얼마나 웃겼겠어요.

오히려 그때는 더 솔직했는지도 몰라요.

그때는 법문자료를 찾아서 A4용지에 몇 장씩 적어 달달 외워 앵무새처럼 떠들었으니까 차라리 거짓말은 아니잖아요.

정확히 알지도 못하면서 아는 척한 게 얼마나 많았겠어요.

지심(至心)으로 참회합니다.

지혜와 지식

스스로 알아내는 부분을 일컬어서 지혜라고 합니다.

비유컨대 우물에 솟아나는 물과 같아요.

우물에서 솟아나는 물은, 퍼도퍼도 부족함이 없이 계속 나오지요.

그런데 지식이라고 하는 부분은 들은 것만큼만, 기억하기 때문에 다 쓰고 나면 없어져요.

지식도 방법을 얻는 데는 필요한 것입니다.

그런데 거기에만 의존하면 더 얻을 게 없어요.

식자우환이라는 말이 있습니다.

아는데 실천의 능력이 없으면 가치가 없잖아요.

아는 것만큼 실천할 수 있는 지혜는 이미 스스로 우러나서 안 부분이기 때문에 실천이 가능합니다.

그런데 지식은 누군가가 빌려준 부분을 통해서 습득된 부분이기 때문에 실천이 어렵습니다.

걸림 없는 마음

걸림이 없다는 것은 바로 행동에 장애를 두지 않는다는 뜻이지요.

행동거지가 밝고 맑으면 걸릴 일이 하나도 없잖아요.

우리가 해야 될 일을 다하면 너무 당당하잖아요.

내가 부모님에게 해야 될 일을 다하면 부모님 돌아가시고 난 이후에도 후회를 안 해요.

불효부모사후회라 그런 말이 있어요.

불효를 한 자식은 부모님 돌아가시고 난 뒤에 반드시 후회한다.

살아생전에 내가 할 수 있는 도리를 다하면 부모님 잃어버리고 난 이후에 물론 슬프긴 하겠지만, 그렇게 크게 후회할 일은 없어요.

'마땅히 내가 내 부모님에게 역할을 다했구나.' 하는 생각을 가지고 아쉬운 생각은 들지만 크게 후회할 일은 하지 마세요.

행동이 맑으면 후회할 일이 적은 거예요.

쌀 한 톨

발우 공양을 하면 참 다른 것을 느껴요.

집에서는 그냥 밥 한 그릇 먹는 생활을 하지만 절에서 밥을 먹는 발우 공양을 해보면 쌀 한 톨의 의미를 되새기게 되고 환경에 대한 부분을 다시 한번 되새기게 됩니다.

여러분들이 오늘 밥 한술 드시고 오셨잖아요.

여러분들의 뱃속에 들어간 그 밥들이 얼마나 많은 인과를 통해서 밥들이 되었는 줄 아세요?

그 밥들의 전생이 때로는 미물일 수도 있고, 때로는 곤충일 수도 있고, 때로는 식물일 수도 있고, 수천 종 수십만 종이 있는 그 많은 종류의 식물 중에서 쌀로 태일 수 있는 부분의 확률이 얼마나 어려운 것입니까?

그 쌀 하나가 만들어지기 위해서는 얼마나 많은 농부의 손길이 필요했을 것이고, 얼마나 많은 지구의 환경이 그를 도왔겠습니까?

호의삼조

누군가에게 무엇을 베풀 때 우리는 자기 자신을 관조할 필요가 있습니다.

진정 상대방에게 필요한 부분을 주는 것인지, 진정 상대방에게 필요할 때 주는 것인지, 또한 베풀면서 그 베풂을 자랑삼지 않고 오히려 받는 사람의 입장을 생각해서 배려하는지 이 3가지를 호의삼조라고 합니다.

우리는 다른 누군가에게 베풀 때 이 3가지의 덕목을 가지고 베풀어야 합니다.

육바라밀 중 가장 중요한 지혜

육바라밀 중에서도 제일 중요한 바라밀은 지혜바라밀입니다.

육바라밀의 첫째, 보시바라밀을 행할 때 준다고 무조건 좋은 것일까요?

보시를 행할 때 지혜가 있어야 수승한 보시가 됩니다.

지혜 있는 보시여야 합니다.

두 번째 지계는 계율을 지키는 것인데 계율도 그냥 무조건 지키는 게 계율일까요?

지혜가 중심으로 된 지계, 계율을 지킬 수 있는 지혜가 있어야 합니다.

초발심자경문에 계를 행할 때 지범개차(持犯開遮)하라는 말이 있어요. 범하고 열고 닫는 것을 잘 알아야 한다는 것인데, 지혜가 있어야 지범개차(持犯開遮)를 할 수 있는 것입니다.

계를 지키기 위해서 사람이 죽어 가는데도 그냥 가만히 둘까요?

여자가 물에 빠져 죽는데도 여자니까 그냥 구경만 해야 할까요?

그것은 간접살인이에요.

우리는 사람의 생명을 구해줘야 되잖아요.

이것이 지혜를 통한 계율입니다.

탑돌이 우측으로 도는 이유

요즘 인도도 화장실 발달이 잘돼 있어요.

옛날엔 노천에서 볼일을 보는 경우가 많았어요.

노천에 용변을 보러 나오는 사람들이 물을 한 바가지씩 가지고 나왔어요.

용변을 보고 난 다음에 그 자리에서 왼손으로 씻어요.

그래서 왼손은 궂은 일을 하는 손이고 오른손은 밥 먹는 손이에요.

왼손은 지저분한 손이고 오른손은 깨끗한 손이에요.

도량석을 할 때 부처님을 우측으로 도는 이유는 가장 청정함으로 모신다는 의미입니다.

진리를 향해 가는 길

어떤 일을 하다 보면, 특히 좋은 일을 열심히 하려고 하다 보면, 욕먹는 일이 생길 때가 있어요.

우리는 호사다마라고 하지요. 좋은 일을 하기 위해서는 반드시 마구니가 함께 하게 되어 있어요.

칭송받는 일만 기대하고 살면 안 돼요.

좋은 미래를 얻기 위해서는 온갖 많은 일이 생겨요.

오뉴월 뙤약볕에 가뭄이 두렵거든 봄볕에 씨앗을 안 심으면 근심할 게 하나도 없어요.

그런데 문제는 봄볕에 씨앗을 심지 않으면 가을의 결실은 기대하기가 어렵겠죠.

봄볕에 씨앗을 심는 것은 태풍도 지나고 가뭄도 지나고 그야말로 바람도 지나고, 그리고 지나가고 난 이후에 얻는 것이 가을의 결실이에요.

우리가 진리를 향해 가는 길에찬사만 있을 것이라는 생각을 하지 마시기 바랍니다.

지혜 제일 사리불

부처님의 제자 중에는 목련존자도 있고 사리불도 있고 그 외에도 수많은 제자들이 있는데, 지혜제일 사리불을 가장 수승한 제자라고 이야기를 합니다.

왜 사리불을 최고의 제자로 생각했을까요?

불교의 궁극적 목표는 지혜입니다.

그런데 오늘날 불교를 잘못 이해하는 분들이 너무 많아요.

빗자루 타고 날아다니는 것으로 알고, 눈을 감고 구만팔천 리를 보는 것 정도를 불교로만 인식하고 있어서 불교를 신비주의로 인식하는 경우가 많이 있어요.

그런데 불교는 지혜를 완성하는 종교입니다

지혜가 있으면 안 되는 일이 없어요.

지혜로 세상을 보면 안 되는 게 없이 다 되는 세상이죠.

지혜는 다음 생에도 멸하지 않는다

지식을 통해서 얻은 부분은 어떻게 해요?

사용하다 버리고 가는 거예요.

지식으로써 습득된 부분은 반드시 잊어버릴 수밖에 없는 상황이 옵니다.

그런데 지혜를 통해서 얻은 것은 절대 잊어버리는 경우가 없어요.

여러분들이 기도를 열심히 하면 치매가 안 와요.

기도를 열심히 하면 치매에 걸릴 이유가 없어요.

수행을 많이 하면 마음을 청정하게 비우기 때문에 치매가 올 이유가 없어요.

욕심으로 일관하는 것보다는 마음을 비우는 공부를 할 필요가 있어요. 마음을 통해서 지혜로써 알아지는 법이 생기면 죽어서 다시 태어나도 절대 멸하지 않는 법이 있는 거예요.

용한 것을 찾아다니는 어리석음에서 빠져 나와야 한다

세상에서 용한 것을 찾아다니는 어리석음에서 빠져 나와야 합니다.
불교는 법칙과 원리를 존중하는 것입니다.
법칙이 있을 뿐이지 절대 기적이 있는 것은 불교가 아닙니다.
거기에 빠지지 말아야 합니다.

여러분들의 마음속에 탐진치 삼독의 번뇌가 쌓여 있기 때문에 기적이 없을 뿐이에요.

스스로 마음이 청정하게 비워지면 그곳에 기적이 있어요.
그것이 기적입니다.

나를 괴롭히는 자존심

세상에 나를 괴롭히는 근본이 무엇일까요?

아상입니다.

자존심이에요.

자존심만 버리면 세상이 고통스럽다고 말할 것이 하나도 없어요.

초심을 생각합시다.

저도 출가를 할 때 명예를 구하고, 권력을 구하고, 부를 구하고, 완벽한 삶을 구하고, 큰 고래등 같은 기와집에 큰 절 주지를 하겠다고 목표를 정해서 출가를 한 것은 아니에요.

본래 출가할 때 생각은 그저 내 것이 어디 있나 그냥 잠깐 머물렀다 가는 인생이니만큼 엉뚱한 부분에 집착하지 말고 부처님 가르침 도리나 깨닫고 한번 가보자고 생각했는데 세월이 이 정도 지나니 처음 출가할 때의 마음가짐을 다 잊어버렸어요.

내가 이런 이야기를 하는 것은 저 믿지 말고 부처님 믿으라는 이야기입니다.

날 믿어봐야 다 소용없는 일이예요.

법을 믿어야 되고, 운을 믿어야 되는 것입니다.

눈을 떠라

개똥밭에 굴러도 이승이 좋다는 말이 있듯이 인간의 모습으로 아주 하찮은 존재로 살고 있지만 그래도 인간의 모습이 좋다는 거예요.

공덕의 중심에 서기가 어려운 인간이 허물을 벗고 넘어서기가 쉽지 않다고 하는 이야기를 단적으로 하고 있는 부분입니다.

업의 차이는 무서운 것입니다.
아는 것만큼 보이게 돼 있어요.

부처님께서 이 사바세계에 오신 이유는 일체중생이 우주법계가 다 한눈에 볼 수 있는 주인인데도 불구하고, 눈먼 중생으로 살고 있는 중생들에게 눈 뜨라고 가르치러 오신 분이 부처님입니다.

눈을 떠야 됩니다.
이런 이야기를 하면 어떤 분들은, 난 눈을 뜨고 있는데, 뭘 뜨라고 그러는지 이해가 안 된다고 말하는 분들이 계세요.

뜨고 있지만 중생의 업으로 형성된 눈이기에 있는 그대로의 세상을 보지 못하는 것이 우리입니다.

소원 이루는 방법

옛날에 큰스님을 모시고 있을 때 재미있는 이야기가 많아요.

상월원각대조사님이 계실 때나 2대 종정 스님이 계실 때까지만 하더라도 소원이 지중한 사람들이 와서 물어요.

난 이런 소원 때문에 왔습니다.

그럼 큰스님께서 그 소원을 이루는 방법을 설명하는데 거의 99.9%는 희망을 말씀하시는 거예요.

"저는 우리 아들이 장가가는 게 소원입니다."라고 와서 여쭈어요.

그러면 큰스님께서 "그래 열심히 기도해!"

이렇게 말씀하시는 것은 된다는 거예요? 안 된다는 거예요?

그렇게 된다는 희망을 가지면 열심히 기도하는 거예요.

열심히 하면 우연인지 필연인지 몰라도 소원이 이루어지지요!

그러면 그 사람들은 '정말 부처님 가피가 있다.'라는 생각이 들지요.

가피를 입은 사람들은 신심이 견고해지게 되어 있어요.
내가 원하는 바를 얻었으니까요.
그런데 그게 부처님이 들어준 것입니까? 자기가 한 것입니까?
본인이 한 거예요.

단지 큰스님께서는 부처님 법이 있음을, 그들에게 희망을 준 거예요.
용기를 준 거예요.
할 수 있다라는…….

측은함

우리는 보면 높은 사람도 있고, 낮은 사람도 있고, 잘난 사람도 있고, 못난 사람도 있고, 여러 사람이 있어요.

지금 우리가 살고 있는 부분이 경제적인 삶이나 사회 환경적 부분의 삶에서 넉넉하면 부럽잖아요.

하! 좋겠다.

나는 1억도 없는데 10억이 있고 100억이 있어 좋겠다.

그런데 100억이 있는 사람도 만족을 못 해요.

내가 100억을 가지고 있는 사람한테 물어봤어요.

100억이 있는데도, 하나도 만족 못 한대요.

100억은 관두고요.

천억이 있는데도 탐심을 내는 게 그게 세상의 삶이에요.

그런데 부처님께서는 그런 모든 욕망을 다 내려놓고 세상의 모든 부분의 주인이 되고 나니까 그런 사람들까지도 다 측은한 거예요.

다 불쌍한 거지요.

욕망

욕망은 무엇인가요?

욕망은 언제 생기는 거죠?

욕망은 어제 생긴 것인가요?

오늘 생기는 것인가요?

눈앞에 있는 이익을 구하는 걸 욕망이라고 해요.

흔히 견물생심이라고 하잖아요.

욕망은 눈앞에 나타난 부분에서 욕망이 생기고, 자꾸 물건을 보면 욕구가 생겨요.

안 보면 욕망이 생기지 않는데 말이에요.

눈앞에 있는 이익을 도모하기 위해서 욕망은 현재 생기는 거예요.

성품은 지금 이 순간에 만들어져요?

옛날부터 있었던 거예요?

과거로부터 습관된 부분이 결과로 나타나는 것을 성품이라고 해요.

전생에 지은 습관도 성품이에요.

각자의 성품에 따라서 우리는 살아가고 있어요.

좋은 운을 오게 만드는 방법

운을 좋게 하는 방법은우리가 궁금하게 여기는 것 중 하나입니다.

좋은 운이라면 그 좋은 운이 알아본다고 오고 알아보지 않는다고 안 오는 것이 아닙니다.

문제는 안 올 곳을 오게 만드는 게 문제지요.

좋은 운을 만드는 방법은 첫 번째가 마주치는 사람에게 먼저 인사하라는 것입니다.

그리고 밝은 얼굴로 세상을 대하라는 것입니다.

또한 가벼운 혀로 만 가지 화를 부르는 만큼 입은 화를 부르는 문이라 말을 삼가고 조심하고 아울러 약속은 목숨을 걸고라도 반드시 지켜야 한다는 것입니다.

상속

맏자식은 제사 지내니까 재산을 좀 더 많이 주고, 나 살아생전에 나한테 자주 찾아왔던 둘째 자식에게 재산을 줄 때는 둘째이기 때문에 많이 못 주고, 그냥 그렇게 사망하고 나면 맏자식과 둘째 자식이 서로 상갓집에 앉아서 니가 뭔데 더 가져가냐고 갈등이 시작됩니다.

나눔이라는 자체는 대단히 중요한 부분을 차지하는 것은 분명합니다. 보시가 조건이 없었다면 그런 경우는 안 생기겠죠.

내가 마땅히 부모에게 잘하면 부모는 나에게 마땅히 뭔가 돌려줄 거라는 계산을 하지 않았는데도 불구하고, 마음속에 그것이 도사리고 있으면 병이 만들어지는 것입니다.

오징어

오징어들이 환하게 밝힌 불을 따라 배의 중심으로 쫓아오는 이유는 그 불빛이 극락인 줄 알고 오는 것입니다.

오징어는 극락인 줄 알고 왔는데 완전히 죽은 바다예요.

바늘이 도사리고 있어서 지나가다가 그 바늘에 찔려서 잡혀 올라오는 거예요.

결과는 어리석음이에요.

사실을 사실대로 보지 못하고 극락이 아닌 것을 극락으로 착각한 결과가 죽음이었다는 이야기예요.

우리가 살고 있는 부분이 그렇다는 이야기입니다.

부귀영화를 당연한 듯이 다람쥐 쳇바퀴 돌 듯 추구하지만, 그것이 영원한 삶이 아니니 탐진치 삼독심과 어리석음에 빠져있지 말라는 것입니다.

우비고뇌(憂悲苦惱, 근심하는 것, 슬퍼하는 것, 몸 아픈 것, 마음이 슬픈 것)의 불에 태워지는 거예요.

바로 그 불은 자기가 놓은 불입니다.

어제 남편, 오늘 남편

우리가 사는 세상은 복잡해요.

갖가지 사연이 다 있어요.

지금 이 자리에 앉아있는 여러분들도 사연이 갖가지예요.

사연이 다 다르기 때문에 똑같은 말을 들어도 다 가지가지로 받아들여요.

기분이 좋은 사람은 기분이 좋은 대로 받아들이고 기분이 언짢은 사람은 언짢은 대로 받아들인다는 거예요.

어제 남편도 내 남편이고 그저께 남편은 좋은 남편이고, 어제 남편은 별로 안 좋은 남편이야.

왜? 그저께는 월급 타 왔고, 어제는 술이 떡이 되게 먹고 왔거든요.

그 행위에 따라서 다르게 받아들이는 거예요.

내 기분에 따라서 상대를 받아들이는 거예요.

술을 먹고 왔을 때도 내 남편이고, 술을 먹고 오지 않았을 때도 내 남편인데, 그 남편의 행위에 따라서 내 마음은 달라지는데, 문제는 그것도 상대방의 마음 때문에만 그런 것이 아니고 내 마음이 서러워서 그럴 수 있어요.

운이 뭔지 아세요

사람 사는 집에 사람이 많이 오는 것이 운입니다.

여러분 운이 뭔지 아세요?

사람 마음이 운이에요.

사람이 오고 싶은 환경을 만드는 것이 우리가 해야 할 일입니다.

옛날 2대 종정 스님께서 하신 말씀이 그 말씀이에요.

운을 주세요! 하고 오는 사람이 많았어요.

보살님들이 오면 소원이 뭐냐 그러면 큰스님 운을 주세요.

그런데 그 운이 뭔지를 내가 몰랐어요.

한번 제가 큰스님 전에 여쭈었어요.

사람들이 와서 큰스님 전에 운을 달라고 그러는데 그 운이 무엇입니까? 하고 여쭈었더니, 큰스님께서 하시는 말씀이 "사람 마음이 운이다."

사람 마음을 얻으면 복은 저절로 오게 되어 있습니다.

집착

고집, 고통의 집착 그 집착을 놓아버리면 편해요.

누군가가 나를 참 서운하게 했어요.

그래서 그 사람만 쳐다보면 막 화가 일어나는 경우들이 가끔 있어요.

누군가가 나를 억울하게 한 사람이 있으면 그를 쳐다보면 쳐다보는 순간에 옛날 기억이 나서 막 울화통이 치밀어요.

나중에 그 사람이 와서 '사실은 이만저만했어. 내가 그때 당신한테 이렇게 했던 이유는 일부러 그런 것이 아니고, 모르고 했던 일이야. 당신이 조금 이해하고 마음 푸세요!'라고 해서 화해가 되면 그 응어리가 다 소멸하고 나면 그다음부터는 화가 안 일어나지요?

화가 일어나지 않으면 누가 편해요?

내가 편한 거죠.

처음 기도할 때 눈물은

처음 온 사람이 밤새워 기도했어요.

그런데 그분이 묻는 거예요.

스님 나는 관세음보살 한 번도 불러본 일이 없는데 기도하면 좋다고 해서 부른 것밖에 없는데 와서 부르다 보니까 이유 없이 눈물이 쏟아지고 콧물이 쏟아지고 그래서 기도하다가 눈물 콧물 닦는다고 정신없이 하루를 보냈다고 이야기를 해요.

눈물 콧물이 나는 이유가 무엇일까요?

제가 그분한테 "지금까지 수십 년을 사셨지만 당신 스스로를 한번 만나본 적이 있어요?"

이 질문에 좀 공감이 됩니까?

몇십 년을 살았는데 나를 만나본 적이 없는 사람이 많아요.

눈 뜨면 바깥 관객 불러들이느라고 애쓰고, 귀가하면 바깥소리 들으려고 애쓰고, 코가 향기로운 향기를 쫓아서 마음을 내고, 입이 맛있는 음식을 향해서 마음이 끌리고, 의식이 나를 고요하게 만들려고 하는 부분보다는 나를 욕심내게 하는 갈등의 소용돌이 속에서 나를 잊어버리고 살았던 것이 우리 평생 삶의 모습입니다.

그런데 내가 관세음보살을 무심으로 자꾸 부르다 보면 나도 모르는 순간에 바깥으로 흐트러졌던 내 마음을 객관화해서 내가 나를 만날 수 있는 유일한 시간이 되니 오래간만에 만났으니 얼마나 반가울까요?

저는 눈물이 그런 의미라고 생각해요.

명상을 하거나 관세음보살을 부르는 기도를 해 보면 나를 객관화해서 나를 볼 수 있는, 내 자신이 청정함으로 아주 혼탁한 삶 속에서 나를 아주 편안함으로 돌릴 수 있는 기회, 이런 기회가 환희심으로 함께 할 수밖에 없지 않을까 싶은 생각을 제 나름대로 했어요.

내가 그분에게 그랬어요.
"평생 살았지만 처음 눈 감고 당신을 봤을 것입니다. 그러니 어찌 반갑고 기쁘지 아니했겠습니까?"

〈제5장〉

일상의 소중함

반려견 49재

저보고 반려견 49재를 지내달라고 하더라고요.

제가 했을까요?

안 할 이유가 없잖아요.

차별하면 안 되지요.

정성이면 됩니다.

다른 사람은 어떻게 생각하는지 모르지만, 반려견 주인이 얼마나 원하는 게 많으면 지내달라고 하겠어요.

웬만한 팔자보다는 개 팔자가 좋을 수도 있어요.

이렇게 세상은 다양한 부분이 공존해요.

그런데 개 중에도 주인을 잘못 만나서 가는 곳마다 멸시당하고 바짝 말라서 살아가는 개들도 존재합니다.

이런 모든 부분의 차이는 법의 차이라고 볼 수 있어요.

복의 차이라고 볼 수 있어요

거미 잡기

6개의 문이 있는 거미집에 거미가 들어갔어요.

거미가 6개의 문으로 들락날락해요.

어떻게 하면 그 문을 지켜서 그 거미를 잡을 수 있느냐?라는 질문을 삼장에 능한 스님에게 물었어요.

여러분들도 이 질문에 대한 답을 할 줄 알아야 합니다.

6개의 문 중에서 5개의 문을 닫아라.

한문만 지키면 된다는 것입니다.

바로 이것은 우리 본뇌의 구조가 그렇게 생겼다는 것입니다.

안이비설신의 6개의 구멍이 나를 계속 유혹하고 있습니다.

이것이 어느 쪽으로 쏠리겠습니까?

관세음보살 부르지만, 귀로 또 빠져나갔다가, 입으로 빠져나갔다가, 코로 빠져나갔다가, 눈으로 빠져나갔다, 귀로 빠져나갔다가, 들락날락해요.

들락날락하는 곳을다 막아버리고 오직 마음 하나만 보라는 거죠.

그게 바로 수행입니다.

근심 중생

살면서 쓸데없는 부분에 근심이 생기지요?

내일 소풍 가는 날이면 그날 저녁에 비 올까 봐 근심이 생기지요.

그런데 비가 오고 안 오는 것이 근심한다고 바뀌나요?

자고 일어나서 판단하면 되는 것인데 그게 안 되지요?

그러기 때문에 중생이라고 하는 것입니다.

그래서 '중생아! 쓸데없는 아무런 가치가 없는 부분에 에너지를 빼겨가는 근심의 주인공'이라고 하는 것입니다.

소원이 왜 이루어졌을까요?

학교에 등록하고 출석부에 이름만 올려놓고 출석을 안 하면 그게 학생입니까?

불교는 부처님에게 무언가를 얻으러 다니는 종교가 아니고 부처님의 가르침을 듣고 실행하는 종교입니다.

초파일에 등 하나 켜놓고 소원을 들어달라고 하는 것은 불교라고 말할 수 없습니다.

옛날에 우리 어머니 아버지들 세대, 할머니 할아버지 세대에는 장독대에도 빌고 닭장에도 빌고 물에도 빌고 빌고 또 빌었어요.

그때도 소원은 이루어졌어요.

그런데 왜 이루어졌을까요?

마음을 닦는 것에는 계급화 NO

대조사님께서는 부처님 전에 공양을 올리는 것이 불교가 아니고, 일체중생의 마음이 부처와 같은 인격으로서 실행하는 것 자체가 불교라고 하셨습니다.

삼일수심은 천재보요 백년탐물은 일조진이라.(삼 일 동안 닦은 마음은 천년의 보배가 되고 백 년 동안 탐한 재물은 하루아침에 티끌이 된다.)

마음 닦는 게 불교란 말이에요.
마음을 닦는 부분이 계급화가 되진 말아야 되지 않습니까?

산중에 있는 스님은 마음을 닦고 세속에 있는 신도는 그냥 물질적인 공양만 올리면 된다는 생각은 너무 잘못된 거라는 거죠.

부처님 당시에도 경전을 보면 부처님 가르침을 듣고 수행하는 수행자는 사부대중이었어요.

그런데 어느 순간부터 부처님의 가르침을 따르는 무리가 출가한 비구스님과 비구니스님 정도로 차단되고 계급화했다는 부분에 문제가 있는 것입니다.

부처님 당시에는 모두가 마음을 닦았어요.
모두가 부처님 가르침의 길을 열었습니다.

관세음보살만 부른다고 되는 게 아니다

관세음보살만 부른다고 되는 게 아닙니다.

성문 연각 보살을 삼승이라고 하는데 성문은 부처님의 법문을 듣는 거예요.

연각은 관세음보살을 불러서 내 마음을 청정하게 만드는 거예요.

번뇌가 끊어진 자리, 번뇌가 끊어졌으니까 니르바나 열반이 된단 말이죠.

그런데 그 열반락에 취해 있으면 안 돼요!

마지막에 뭘 해야 돼요?

근기를 가지고 중생을 도와줘야 돼요!

이것을 보살도라고 합니다.

도를 닦는 게 내 마음의 고요함을 얻기 위해서 닦는 거라고 생각하지 말고 내가 내 마음을 고요하게 하고 내가 내 능력을 키웠으면 그 키워진 능력을 남을 위해서 사용할 때 도의 완성이 된다는 것입니다.

그래서 봉사를 해야 되는 것입니다.

한가로운 법

남편이 사랑한다고 하면 사랑하는 것이고, 사랑한다 소리를 안 하면 사랑을 안 하는 것인가요?

사랑한다는 말을 해주면 기분이 좋아지지요.

그런데 남편은 사랑한다는 말을 안 해주는 게 문제지요.

'사랑한다.' 소리를 한다고 사랑하는 거고, '사랑한다.' 소리를 안 한다고 안 하는 것도 아니잖아요.

남자들은 매번 그걸 꼭 말로 해야 하나? 내가 그냥 그렇게 느끼면 되는 거지, 그런데 또 여자들은 그걸 말로 해야 알지 내가 그걸 어떻게 아냐고?

기대하지 않으면 됩니다.

사랑은 눈물의 씨앗이고 미움은 괴로움의 씨앗이니 이것도 괴롭고 저것도 괴롭고 마음을 내지 않는 그 마음이 한가로운 법입니다.

영겁의 씨앗

어느 날 부처님께서 탁발을 나가셨을 때 어떤 이교도가 부처님에게 막 욕을 했어요.

일을 하지 않거든 먹지를 마라.

왜 남이 농사지은 것을 얻어먹으러 와.

부처님을 향해 욕을 퍼붓습니다.

그러니까 부처님께서 '나도 농사를 짓는다.' 하고 하셨어요.

그 말에 이교도가 '말 같지도 않은 소리 하지 마세요. 내가 지금까지 당신을 지켜봤을 때 당신이 밭에서 농사짓는 걸 한 번도 보질 못했어요."

그렇게 이야기하니 부처님께서 '당신은 땅에 농사를 짓지만 난 일체 중생의 마음 밭에 농사를 짓는다.'라고 하셨어요.

이 말! 얼마나 멋있는 말입니까?

나는 그들에게 가장 행복한 씨앗을 그들에게 넣고 있다.

그 씨앗이 중생에게 촉을 틔워서 가꿔진다면 그들은 부처가 되는 거예요.

너는 100년을 살지 못하는 이 육체 고깃덩어리를 위한 물건을 생산하지만, 나는 그들에게 영겁의 행복을 줄 수 있는 씨앗을 넣고 간다는 거예요.

일상의 소중함

가장 행복한 사람은 목표를 적게 잡는 사람입니다.

목표를 적게 잡는 사람이 중요해요.

적은 것에 감사할 줄 아는 사람들이 진짜 행복한 거예요.

가끔 인간극장을 보면 평범한 삶으로 크게 궁핍하지 않은 사건이나 사고의 이야깃거리가 별로 많지 않아요.

그런데 풍전등화의 삶의 위기에서 살아난 사람들은 그 삶의 가치가 아주 귀한 거예요.

어떤 사람이 부모님이 아파서 생명을 구할 수 없다고 했는데 부모님의 뒷바라지를 지극정성으로 했더니 부모님의 생명을 구할 수 있었어요.

매 순간순간이 소중한 거예요.

그냥 일상이었을 땐 그게 그렇게 소중해 보이지 않았는데 그러한 아픔의 고개를 한번 넘고 나니까 순간순간이 그만큼 소중하게 느껴진다는 거죠.

똑같은 것인데도 불구하고, 평상시 삶이 소중하다는 사실을 모르고 생활하다 보면 삶이 지루해질 수 있는데, 평상시 삶이 소중하다는 것을 깨닫고 나면 우리의 일상은 그만큼 소중한 것입니다.

대시주

여러분들이 올리는 시주 공양은 부처님이 한 푼도 안 가져가요.

부처님께 올린 공양은 불교를 이해하지 못하거나 신심이 낮거나 아니면 동기유발이 안 되는 누군가에게 동기유발로 회향이 되는 것입니다.

이것이 공덕이 되는 것입니다.

그냥 시주가 아닌 대시주!

부처님의 지혜를 나눠주고 법으로써 중생을 교화하는 것이 진정한 시주입니다.

땅속에서 부처가 올라온다는 의미

부처님께서 멸도에 드시려고 할 때 타방국토에 있는 많은 보살마하살들이 와서 부처님을 대신해서 부처님 아니 계시는 세상에 법화경을 설한다 하니 부처님께서 그만두어라. 그것은 너희들의 몫이 아니다. 이것은 사바세계에 충분히 그만한 자원이 있다.

이렇게 설명을 하세요.

그런데 많은 보살마하살들이 땅속에서 솟아 나온다고 해요.

땅속에서 솟아 나오는 게 진짜 땅속에서 솟아 나오는 것일까요?

땅속에서 솟아 나오는 것도 아니고 허공에서 솟아 나오는 것도 아니에요.

우리 중생의 마음이 부처님 마음으로 바뀐다는 거예요.

없었던 마음이 일어나는 거예요.

함께 꾸는 꿈은 현실이 된다

천태종 사찰의 주지 스님 임기는 4년이에요.

4년 동안 사찰 주지를 하면서 내 역할을 하고 가자.

이왕이면 원홍사가 이 지역의 모든 사람들이 고통을 해결할 수 있는 멋진 도량으로 만들어 보고 싶은 게 제 꿈이에요.

그 꿈이 저 혼자 용을 쓰고 혼자 꾸는 꿈은 그냥 몽중으로 끝날 수밖에 없어요.

그런데 제가 꾸고 있는 꿈을 여러분들이 받아들여서 제 생각과 함께 만들어주면 그것은 현실이 될 수 있어요.

제가 좋아하는 말 중의 하나가, 혼자 꾸는 꿈은 꿈이지만 함께 꾸는 꿈은 현실이 된다.

얼마나 멋져요?

여러분 우리 원홍사가 현실 속에 값지고 멋진 도량이 될 수 있도록 함께 마음을 내는 여러분들이 되었으면 좋겠습니다.

중생이란

자업자득!

이 세상은 내가 만들어서 지금 현재 나의 모습을 만들어 가고 있는 존재라는 사실을 잊지 마세요.

남하고 시비할 일이 아니에요.

'왜 안 될까?'라고 묻는데 안 될 행동을 했으니까 안 되지요.

될 행동을 하는 사람은 되게 돼 있어요.

육도윤회 중에서 인간의 포지션은 8부 능선 정도의 등산하는 사람과 마찬가지예요.

8부 능선 정도에 올라가 있는 존재인 내가 조금만 힘을 내면 정상으로 오를 수 있는데, 대부분 거기에서 올라가지 못하고 미끄러지는 경우가 많아요.

미끄러지는 존재를 일컬어서 우린 중생이라고 이야기합니다.

스승님

법을 전하는 데 스승이 제자들한테 가르칠 때는 부모가 자식을 가르치듯 아주 섬세하고 감동스러운 자비가 바탕이 되어야 해요.

옛날에 2대 종정 스님, 그 큰 어른도 제자들이 공부하는 모습을 보시면 기뻐하시고 게으른 모습을 보시면 안타까워하셨어요.

얼마 안 남았는데……
얼마 안 남았는데……
너희들이 그럴 때가 아닌데……

어떨 때는 직접 나오셔서 수장 짚고 이런 말씀을 하셨어요.

호흡법까지 말씀을 다 하시면서 이런 위기가 오거든 이렇게 대처하라.

제자들을 그만큼 아끼시니까 가지고 있는 모든 부분을 다 가르쳐주고 싶어 하셨어요.

누군가 인생을 대신 봐주는 것 그것은 진리가 아니야

기도를 하다 보면 마음이 모이고 보이는 현상이 있을 수도 있어요.

이럴 때 본인이 한통 도통한 것처럼 착각을 해요.

내가 여기 오랫동안 다녀서 내가 구인사에 대해서 무엇보다도 잘 아는 사람이니까.

너는 내 말만 들으라 이거예요.

처음 오시는 분은 그게 옳은 줄 알고 거기만 졸졸 쫓아다녀요.

그러다가 나중에 엉뚱하게 잘못되면 그때는 구인사 전체가 다 잘못된 거라고 해요.

절에 오면 누구의 이야기도 아는 소리 하는 것에 귀 기울이지 말고 궁금한 사항이 있으면 월도 스님에게 오세요.

엉뚱한 것에 귀 기울이지 마세요.

내가 알기로는 적어도 진리는 법계의 이치를 다 깨닫기 전까지는 아는 척하지 않는 것이 진리입니다.

누군가 인생을 대신 봐주거나 하는 것은 진리가 아닙니다.

부처님 운에 맡겨라

우리가 천도를 하거나 의식을 하는 부분은 염불을 잘해서 천도가 되거나, 염불을 잘해서 공덕이 되거나, 염불이 잘돼서 소원이 이루어진다고 하는 것은 어불성설이라고 생각합니다.

제가 모셨던 2대 종정 스님께서 항상 말씀하셨습니다.

너희들이 나가서 염불을 하거나, 법문을 할 때, 너의 생각을 너무 강하게 집어넣지 마라. 부처님 운에 맡겨라. 그리고 입만 빌려주는 거다. 공덕이 되고 가피가 이루어지는 것은, 법으로 증명을 하는 것은 부처님 가피로 되는 거지, 절대 너의 능력으로 선도가 되거나 가피가 이루어지는 부분이 아니다.

초등학교 때 이뻤던 짝꿍

초등학교 때 아주 이뻤던 짝꿍이 보고 싶으시죠?

보고 싶다면 예전의 그 모습으로 보고 싶어요?

세월이 흘러 변한 모습이 보고 싶어요?

보고 싶어도 그냥 가슴에 묻어두세요.

제행무상이에요.

그 이름을 기억하면 그 모습이 떠오르지만 그 이름이 아직까지 불려지는지 모르지만 그 모습은 당연히 변했겠죠.

그래서 보게 되면 실망하게 됩니다.

이게 세상이에요.

제행무상이죠.

명색은 이름과 색을 기억하고 있지만 이름과 색은 진실이 아닌 것을 알 수 있잖아요.

우등생

부처님이 가장 이뻐하는 사람은 누구일까요?

당신과 같이 되려고 노력하는 사람이 우등생이에요.

그럼 당신과 같이 되려고 노력하는 행위는 무엇을 얻기 위한 것일까요? 복과 지혜의 완성입니다.

그것보다 더 중요한 부분은 부처님의 마음을 알아야 되는 거예요.

부처님께서 이 사바세계에 오신 이유는 부처님께서 본래 세운 서원은 일체중생이 나와 똑같이 평등해서 다르지 않게 함이 목적이었어요.

일체중생을 부처님 만들러 오신 거예요.

부처님이 이뻐하는 자식은, 부처님이 이뻐하는 제자는 부처 되려고 노력하는 사람입니다.

부처님의 이쁨을 받으려면 딴 거 없어요.

열심히 정진하고 부처님처럼 되려고 노력하는 사람이 가장 완벽한 우등생입니다.

불교와 타 종교와 다른 점은 신을 섬기는 종교가 아니다

불교는 누군가에 의해서 존재하는 게 아닙니다.

불교는 타 종교와 다르다.

무엇이 다를까요?

일반적인 종교는 신이 중심이 되지만 불교는 인간이 중심이 되는 종교라는 사실을 꼭 기억할 필요가 있습니다.

불교는 인간 중심의 종교입니다.

우리는 신을 섬기는 종교가 아닙니다.

신의 속박을 받는 종교가 아닙니다.

그렇다고 우리는 신을 배제하지 않습니다.

단지 신의 노예가 되지 않을 뿐입니다.

일반적인 주인은 신이 주인이라고 말하지만, 불교에서 이야기하고 있는 이 세상의 주인은 신이 아닌 자신이 주인이라는 점을 기억하는 불자가 되길 바랍니다.

여러분들이 주인입니다.

오늘이 내 생의 마지막이다

우리가 인생을 살아가는 데 오늘이 내 생애 마지막이라고 하는 마음을 가지고 공덕의 주인공이 되어 사시기 바랍니다.

세월은 기다려주지 않아요.

한 순간 순간이 마지막이라고 생각하면서 살아야 되는 게 맞아요.

오늘이 내 생애의 마지막이다.

더 이상 공덕 지을 수 있는 기회가 없다.

봄에 파종을 뿌려야 되는데 좋은 날을 가리다 보면 파종 시기를 놓쳐요.

여름에 장마가 올 것을 생각하고 비켜 가고, 여름에 가물 것을 생각해서 파종을 하지 않으면 가을에 결실은 없어요.

용기 있는 농부가 가을에 풍성한 결실을 약속받을 수 있듯이 내 마음 밭의 공덕은 결코 누구의 눈치를 볼 일이 아닙니다.

그 누구의 이야기에 귀 기울일 새가 없어요.

나는 나여야 됩니다.

적멸상(태풍) 사구게

제법은 본래 항상 적멸해요.

항상 고요합니다.

그런데 우리가 생각하기에 고요한 게 아니에요.

나고 죽음의 깨춤을 춰서 고통이 다인 줄 알았는데 진리의 세계에서는 그냥 파도가 일어났다가 파도가 잠자는 형식과 같다는 이야기입니다.

중생들이 사는 세계에서 태풍이 온다고 하면 태풍 피해를 조심해야 되고 준비를 해서 난리를 쳐야 되잖아요.

그것은 중생들이 사는 세계에서 일어나는 부분이지 우주에서 봤을 때는 일상 있는 일들이에요.

그 태풍은 반드시 고요해져요.

우리는 태풍에서 살아남아야 되기 때문에 온갖 부분의 준비를 다 하지만 우주법계에서 봤을 때는 태풍은 그냥 그 자리에서 일어나서 없어지는 일이에요.

본래 적멸상이지요.

적멸상(개미) 사구게

개미가 먹을 것을 물고 분주하게 오고 가요.

여러분은 개미를 쳐다보고 무슨 생각이 드나요?

마치 나를 보는 것 같지 않아요?

어디서 왔는지?

어디로 가는지?

왜 바쁜지?

무얼 위해 사는지?

개미도 성품에 따라서 그렇게 살아가는 것이 전부라고 믿고 사는데 내가 쳐다보니 참 한심해요.

부처님의 눈으로 볼 때 우주법계는 분주하지 않아요.

단지 중생의 착각 속에 분주할 뿐이에요.

만족

부처님은 매사가 즐겁습니다.

매사가 행복해요.

혼자 있으면 고요해서 즐겁고, 둘이 있으면 재미있어서 즐겁고, 음식을 먹으면 힘이 있어 즐겁고, 굶으면 넉넉해서 즐겁고, 모든 게 다 즐거운 부분입니다.

즐거움의 주인공이 되는 것이 불교입니다.

즐거움의 주인공이 되려면 나의 목표는 크되, 작은 것에 만족하고 사세요.

참 묘한 것은 이 세상은 오늘보다 내일이 나은 사람은 행복한 사람이라는 것이에요.

조금 전보다 지금이 좋으면 그 사람은 행복한 사람이에요.

진보하는 거지요.

육신통

많은 신통력 중에서 주로 육신통을 이야기합니다.

첫째가 숙명통입니다.

자신과 중생의 과거 생을 다 아는 지혜를 가진 것을 일컬어서 숙명통이라고 합니다.

깨달았느냐 깨닫지 못했느냐 차이가 있을 수 있는데 우리는 아무리 배워도 깨달은 것은 없어요.

그러니까 아는 게 없어요.

그런데 옛날에 큰스님들은 딱 보면 그걸 다 알아요.

육신통을 아니까요.

무엇이든지 물어보면 그 사람의 전생 현생 내생을 다 알게 돼 있고 이름을 한 번 지어도 그 이름이 그 사람한테 딱 맞아떨어지는 것입니다.

오늘날 깜깜한 마음으로 누군가가 묻는 부분에 답을 해야 될 때 육십갑자를 생각하고 손바닥에 손가락을 끄적거리고 여러 가지를 다 계산을 해야 되는데 육신통을 깨달으신 분들은 그냥 다 알아요.

큰스님과 냉해 피해 본 벼 이야기

도가 된 사람들은 그냥 그렇게 가는데 나는 그 당시만 해도 도가 안 됐으니까 큰스님께 여쭙는 거예요.

냉해 피해를 입은 벼를 보고 큰스님께서 잘됐다라고 하시는 거예요.

벼는 알곡을 먹으려고 농사를 짓는 것인데 지금 알곡이 하나도 안 들었는데 뭐가 잘 됐습니까? 하고 내가 방정맞게 물었어요.

큰스님께서는 소라도 먹을 게 있으니 됐지 뭐.

소먹이라도 됐으니 됐다는 거예요.

없는 가운데 만들어진 부분을 좋게 해야지

속상해한다고 달라질 것은 없어요.

그런 마음 자체가 욕심이 없는 마음이에요.

그냥 있는 그들의 세상과 소통하면서 만족함을 구하는 큰스님은 정토의 주인공이시고 물질적 삶에 찌들어있는 우리들은 모든 부분들이 좋고 나쁨의 편견으로 분별하니 괴로움이 함께 하는 것입니다.

넉넉히 져주는 사람

어떤 사람이 이런 이야기를 해요.

어리석은 사람은 아내와 싸워 이긴다고.

그리고 이기고 난 이후에 얻어먹을 것을 제대로 못 얻어먹는다.

지혜로운 사람은 아내와의 싸움은 지는 것이 아니고 져준다.

넉넉히 져주고 나면 저녁 밥상이 달라진다.

그래서 마음도 넉넉하고 육신의 건강도 함께 지켜갈 수 있는 것입니다.

〈제6장〉

길을 모르거든

수행자냐 중생이냐

불교는 잘나고 못나고 할 이유가 없는 거예요.

머리가 좋고 나쁘고 할 일이 없는 거예요.

머리가 좋은 사람도 마음을 보게 돼 있고 머리가 나쁜 사람도 마음을 보게 돼 있어요.

그 마음 하나가 흩어지면 번뇌요.

그 마음 하나가 모여지는 것이 바로 수행입니다.

흩을 것이냐 모을 것이냐 그것이 바로 수행자인가, 중생인가로 구분할 수 있는 것입니다.

그러니 잘되고 안되고를 논하지 말고 열심히 정진하는 불자들이 되시기 바랍니다.

오늘도 철야 정진에 많이 동참해 주셔서 정말 고맙습니다.

구원겁

부처님께서 구원겁의 무량한 우주법계를 설명했을 때는 누구도 이해를 못 했어요.

요즘 과학이 발달하니까 부처님의 말씀이 얼마나 기가 막힌 말씀인지 이해가 되기 시작합니다.

천체망원경이 만들어지니까 과학자들이 말을 하는 것.

과학적 부처님은 이미 사람이 상상할 수 없을 만큼 어마어마한 우주법계가 있다고 말씀하셨어요.

그 말씀을 부처님께서는 "사리불아 이 지구 땅덩어리가 크냐 적으냐?", "큽니다."

저 우주법계에서 보는 이 지구 땅덩어리 같은 행성이 무수히 많다. 무량하다. 셀 수 없다는 것입니다.

그 많은 지구 땅덩어리 같은 행성을 갈아서 먹을 만들어서 그 먹물을 찍고 찍고 찍어서 그 먹물이 다 없어질 때까지 하더라도 내 수명은 그만큼 길다고.

말이 기도다

관세음보살을 부르는 것도 말로 하잖아요.

말이 왜 기도가 됩니까?

말을 하는 대로 세상은 달라지게 돼 있습니다.

된다는 사람에게는 반드시 되게 돼 있어요.

제가 2대 종정 스님을 오랫동안 모시고 있으면서 느낀 부분이 절대 비관적 언어를 구사하지 않으셨습니다.

항상 희망을 말씀하셨어요.

구인사를 찾아오는 수많은 신도가 큰스님 전에 친견을 하면 항상 된다고 말씀하셨지 너는 안 된다는 말씀을 들어본 적이 없습니다.

이 세상에 내 것이 어디 있나 사용하다 버리고 갈 뿐이다

이 세상에 내 것이 어디 있나 사용하다 버리고 갈 뿐이다.
상월원각 대조사님 말씀이잖아요.
이 세상에 내 것이 어디 있어요.
사용하다 버리고 갈 뿐이죠.

잠깐의 주인일 뿐이지 영원한 주인은 없어요.
여러분은 주인 하려고 하지 말고 세입자 역할이나 잘하시기 바랍니다.
그 세입자는 함부로 물건을 쓰면 안 되지요.
분명히 우리가 사용하다가 누구에게 넘겨주고 가야 될 거잖아요.
환경도 너무 거만하게 쓰지 말고 겸손하게 사용하다 누군가에게 양보하고 가야 된다는 생각을 가지고 사시기 바랍니다.
내 것이니까 내 맘대로라고 하는 거만한 생각은 잘못된 생각입니다.

평범한듯 하지만 대조사님 말씀은 너무너무 기가 막힌 말씀입니다.
잘 새겨보면 평범하지 않은 말씀입니다.

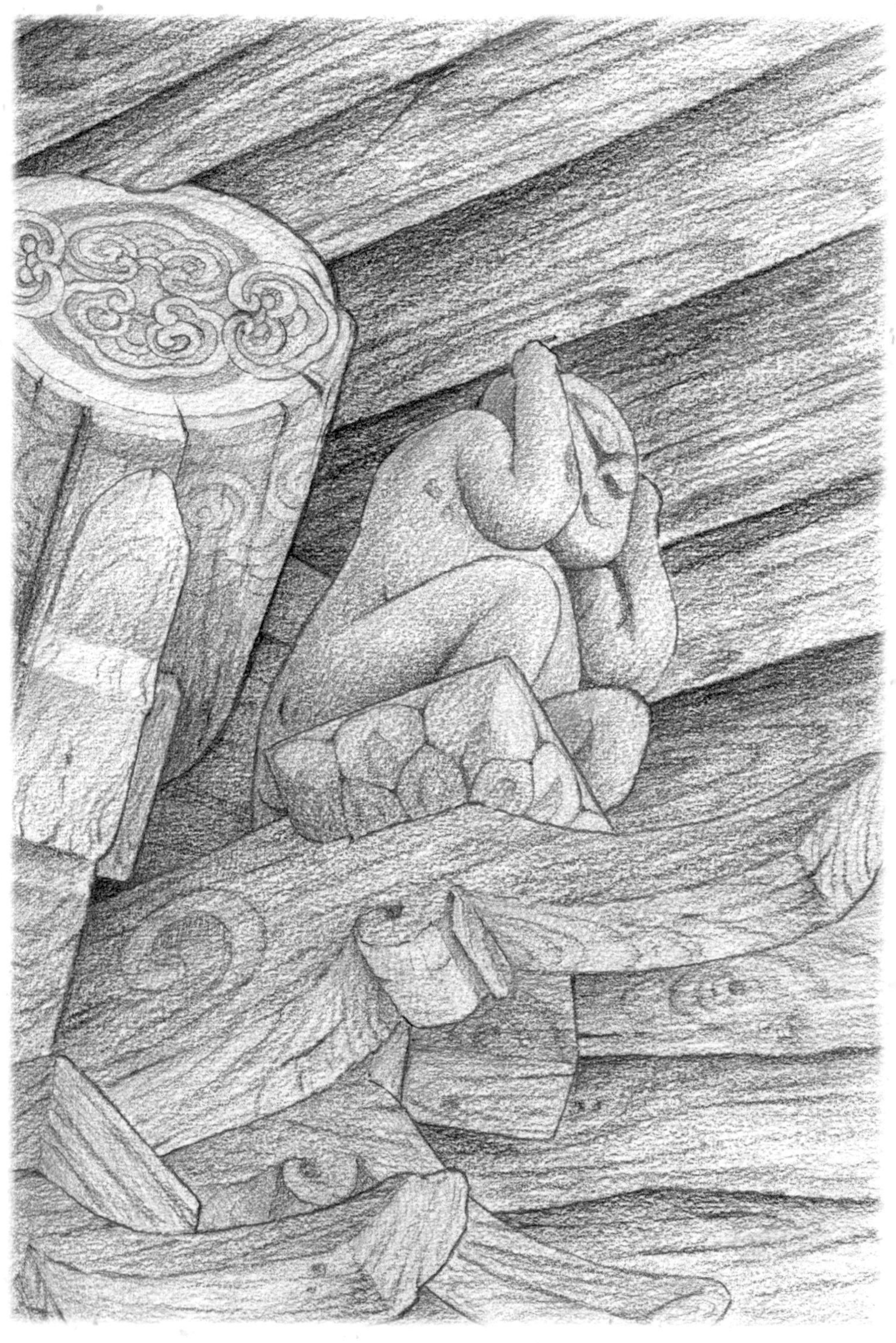

인식의 주인은 내 자신

신이 있어 만물을 창조했다라고 생각하는 부류는 신이 나의 바깥에 존재하고 그 바깥에 있는 신에게 나는 복종해야 하고 굴종해야 되는 현실이 세상의 삶이라 믿는 사람들이 많이 있습니다.

그 부분을 일컬어 우리는 창조론이라고 하지요.

부처님이라고 하는 위대한 선각자 위대한 스승께서 세상에 출현하시면서 창조는 신에 의해서 창조되어지는 것이 아닌 내 스스로에 의해서 창조되어진다고 말씀을 하셨습니다.

이 세상에 존재하는 객관의 세계는 주관이 인식했을 때 존재한다.

고로 창조는 힘이 하는 것이 아니고 보는 자의 인연에 따라서 존재한다.

인식이 바로 이 세상의 주체고 그 인식의 주인은 그 누구도 아닌 내 자신이라는 사실입니다.

부처님이 왜 많아요

선생님 절에 가면 웬 부처님이 그렇게 많습니까?

불상이 많은 이유가 무엇입니까?

이렇게 묻더라고요.

당신이 생각하고 있는 종교는 신과 인간의 관계로 논한다면, 신은 하나밖에 없다고 생각하는 한계를 드러내지요.

하지만 불교는 깨달으면 나도 부처고, 모두가 깨달으면 모두가 부처입니다.

천백억화신(千百億化身, 헤아릴 수 없이 변화하는 부처의 화신.)이죠.

석가모니불도 천백억화신이지요.

천백억이 도대체 얼마만큼이에요?

천백억은 이 우주법계에 꽉 차 있는 모든 존재가 부처일 수 있는 것입니다.

깨닫지 못하면 중생이고 깨달으면 부처지요.

내세는 언제

지금 이 순간이 현세고 내세는 바로 지금 순간의 다음이 내세예요.
죽어서 다시 태어나는 것만 내세라고 생각하면 안 돼요.

과거 현재 미래는 한순간에 연결되어 있어요.
과거를 생각하고 현재를 생각하면 이미 현세는 미래로 바로 건너가요.
그래서 현세는 찰나가 존재할 뿐이에요.
우리는 현세가 지금 육신을 가지고 있는 나라고 생각합니다.

팔자가 바뀌는 것은 한순간에 바뀌는 거예요.
그 한순간 무엇을 바꾸면 될까요?
생각을 바꾸면 팔자가 바뀝니다.

내세에 성불한다.
부처님께서는 희망을 갖는 자에겐 반드시 수기가 그 자리에서 내려질 수 있다는 것입니다.

평상시 말이 기도다

기도는 항상 앉아서 하는 것만 기도라고 생각하지 마시고 여러분들이 평상시에 말씀하시는 내용 자체가 다 기도가 돼야 한다는 사실을 가슴에 담고 사시길 바랍니다.

부정적 언어를 삼가시고 아니라고 하는 판단을 하지 마시고 되도록 이것만도 다행이라는 생각을 가지고 세상을 살아보세요.

그러면 세상은 변함이 없는데 살아볼 만한 세상으로 바뀌게 돼 있습니다.

이게 언어의 힘입니다.

이것이 제도입니다.

희망으로 미래를 추구

절망하는 자에겐 미래가 존재하지 않습니다.

희망을 이야기하는 자에게 미래가 존재할 뿐입니다.

오직 절망에 빠져있기에는 아직도 너무나 세상이 멉니다.

새해의 시작으로 부처님 전에 축원을 드리고 또한 새로운 삶을 써가는 희망을 이야기하기 위해서 이 자리에 함께하고 있습니다.

창조에 의해서 존재하는 부분이라면 우리는 막연히 신에게 모든 부분을 던지고 신을 찬탄하고 그의 노여움을 달래기 위해서 추구하는 부분이라고말할 수 있지만 부처님 가르침이 세상의 삶이 내 마음으로 통해서 창조된다고 하는 부분에 가르침을 믿는 우리 불자들 입장에서 보면 오직 절망하기보단 희망으로써 미래를 추구해가는 자체가 바른 답이 되지 않을까 생각을 합니다.

부처님 서원

우리는 우리의 서원이 있어요.

우리가 부처님을 믿는 서원도 있어요.

서원이 있고 소원이 있어요.

소원은 현실적 부분의 바람이 완성되기를 바라는 것을 소원이라고 해요.

서원은 내가 가야 할 목적지를 설정하는 것이라고 볼 수 있습니다.

우리도 서원이 있듯이 부처님도 서원이 있어요.

"일체중생이 나와 똑같아 부처님과 똑같이 평등하여 다르지 않게 함이었느니라."

이게 대단히 중요한 목적이에요.

부처님은 이 사바세계에 오신 이유는 이게 핵심이에요.

부처님의 서원은 일체중생이 부처 되는 것입니다.

소승의 삶과 대승의 삶

스님 저는 기도를 하는데요.

경전을 읽고 정말 정성을 다해서 기도를 많이 하는데요.

그런데 여기 와서 관세음보살을 불러보니까 그것은 너무너무 힘들어서 잘 안 돼요.

어떻게 하면 되냐고 묻길래 내가 "네 맘대로 하세요."라고 그랬어요.

부처님의 말씀을 좇아서 진리를 구하는 것은 성문이에요.

내 마음을 청정하게 비우고 비워서 모든 중생의 근기를 내려놓고 청정한 자아의 모습을 찾기 위해서 노력하는 부분은 연각의 수행입니다.

자기 근기에 맞으면 되는 거예요.

어떤 것이 좋다고 말할 수는 없어요.

단지 중요한 것은 소승으로 수행할 것이냐? 대승으로 수행할 것이냐입니다.

길을 좇아가는 삶이 소승적 삶일 것인가?

나를 부처로 만들 것인가가 중요한 것입니다.

부처님 지혜가 완성된 곳

부처님의 지혜를 얻는다는 것은 부처가 된다는 것입니다.

부처님의 지혜가 완성이 되어져서 그곳에서 놀면 그곳은 늙지도 죽지도 힘들지도 고통스럽지도 않아요.

생로병사 우비고뇌가 없어서 얼마나 좋을까요?

부처님의 지혜가 완성된 그곳에 가시겠습니까?

갈 필요 없어요.

지금 이곳 여기서 만들면 돼요.

수행이란

부처님 당시의 수행도 육근을 청정하게 비우는 수행이었어요.

수많은 세월이 지난 지금 조사불교도 마음을 관하는 거예요.

로케트가 달나라를 왔다갔다 하는 이 시기에도 우리 삶의 희로애락은 오직 마음 가운데 있는 것이에요.

또한 그 마음을 청정하게 비우는 것이에요.

자아의 본성을 찾는 것이 수행인 것입니다.

윤회가 없다면

윤회에 대해 '윤회가 있다, 없다.'라고 이야기하는 사람들이 많이 있습니다.

윤회가 없다고 하는 것도 문제입니다.

윤회가 없다면 우리는 희망이 없지 않습니까?

윤회가 없다고 믿으면 우리는 잘살아야 될 고민을 하지 않아요.

그냥 막 살고 말 것입니다.

윤회는 우리를 무척 선하게 합니다.

불교가 가르치고 있는 부분도 선이지요.

그리고 세상에 존재하고 있는 모든 종교의 본질은 선을 행하라는 가르침입니다.

착함에 그 본질을 두고 있어요.

절에 오셔서 부처님 법문만 항상 착하라고 가르치는 것이 아니고 교회를 가도 목사님이 착하라고 하지요.

윤회를 끊을 자신이 없다면

큰 욕심 바라지 않고 다음 생에는 머리가 좀 좋았으면 좋겠습니다.

물론 이렇게 원을 세우는 것도 좋아요.

하지만 가장 좋은 것은 "부처님 믿는 마음으로 태어나고 또 태어나서 가까이 가까이 다가서겠습니다."라는 것이에요.

그런데 하는 것 없이 욕심만 가득 가지고 그냥 윤회를 끊어버리겠다.

윤회 끊어버리려면 정말 밤을 낮 새워 수행을 하고, 보살행을 했을 때 가능한 것입니다.

윤회를 끊을 자신이 없으면 복이라도 짓고 가겠다.

공덕이라도 쌓고 가야 되겠다.

가지고 있는 것만큼 최선을 다해 봐야 되겠다.

그런 마음을 가지고 살 필요가 있습니다.

길을 모르거든

나만 열심히 하면 되는 거지 다른 사람이 믿든 안 믿든 그게 무슨 소용이 있어라고 말할 수도 있습니다.

부처님 당시에도 이 세상에서 가장 큰 공덕은 길을 모르는 자에게 길을 가르쳐주는 공덕이라고 했습니다.

진리를 모르는 자에게 진리를 가르쳐주는 것보다 더 큰 공덕은 없어요.

기독교에 가도 자기들 종교에 건설을 하면 큰 공덕이 될 수 있다고 이야기를 하듯이 불교는 그보다 더 큰 공덕이 있다는 것을 여러분들이 깊이 있게 아시고, 그냥 말로만 한 번씩 던질 것이 아니고 우리 모두 행복을 찾아갈 수 있는 마음이 돼줘야 해요.

정말 절에 가고 싶어 하는 사람이 있다면 내 차를 갖다 대놓고 태워 오는 한이 있어도 그가 스스로 뿌리가 내려지고 습관이 될 수 있도록 유도하고, 베푸는 것은 부처님에게 수억 만금을 공양 올리는 것보다도 훨씬 더 수승한 공덕입니다.

기회 있을 때마다 많이 권선하시고 불교가 저변확대가 될 수 있도록 많은 불자님들의 노력을 부탁드리겠습니다.

져주는 멋진 보살

내 남편 이겨서 기죽여봐야 나만 손해예요.

그 남자 이겨서 무슨 이득이 될까요?

내 남편 이겨서 남편이 기가 죽어 어깨가 축 처져 살면 얼마나 속상합니까?

이기는 아내가 되지 말고 져주는 멋진 보살이 되길 바랍니다.

밖에서도 당당하게 어깨 펴고 살 수 있는 남편을 만들어 간다면 그도 행복하고 나도 행복할 수 있습니다.

내가 바뀌면 상대방이 바뀐다

내가 바뀌면 상대방은 반드시 바뀌게 돼 있습니다.

내가 바뀌지 않고 상대방이 바뀌기만을 원하기 때문에 상대는 절대 바뀌지 않습니다.

불교는 상대를 바꾸는 종교가 아니고 나 자신을 바꾸는 종교라는 것을 꼭 기억하시는 지혜로운 불자님들 되길 바랍니다.

바뀌는 나를 보고 상대방의 환경을 이해하고 포용하고 배려하는 나로 바뀔 수 있다면 상대가 행복한 것이 아닌 나 자신이 행복한 존재일 수 있습니다.

변하지 말아라 변하지 않는 게 중요하다

시작은 누구나 할 수 있습니다.

그러나 끝까지 행하는 것은 어렵습니다.

끝까지 가는 것이 성공입니다.

절에는 누구나 올 수 있지만 끝까지 내 눈 감는 그 순간까지 진리와 함께 갈 수 있는 것은 아무나 할 수 있는 부분이 아닙니다.

끊임없이 노력해야만 끊임없이 마음을 닦아야만 가능합니다.

합창단 노래 중에 '얼마나 닦아야 얼마나 닦아야'라는 구절이 있습니다. 그 닦아야 한다라고 하는 부분이 다 닦을 때까지 포기하지 않는 삶을 살아야 된다는 것입니다.

그래서 2대 종정 스님께서는 변하지 말아라.

변하지 않는 게 중요하다고 강조하셨습니다.

아내와 싸울 때 져주면 여유롭다

아내하고 싸워봐야 아무 가치가 없어요.

그렇다고 아내와 안 싸울 수 없지요.

아내하고 싸우는 것 자체는 괜찮지만 싸우되 반드시 백전백패하는 멋진 남자가 되길 바랍니다.

지는 것과, 져주는 것은 큰 차이입니다.

져주는 사람은 여유롭지만 진 사람은 이가 갈립니다.

좋은 남편이 되려면

나의 자유가 소중할 때 상대방의 자유도 소중합니다.

그런데 많은 사람들은 상대방에게 시키길 원합니다.

좋은 남편이 되려면 내가 희생했을 때 좋은 남편이 되고 좋은 아내가 되기 위해서는 배려하는 마음이 있을 때좋은 아내가 될 수 있습니다.

부모와 부처님의 비유

자식이 울면, 우선은 울음을 그치게 합니다.

우선 필요한 부분을 공급해 주지요

하지만 그 공급해 주는 그 부분을 가지고 내가 영원히 살 수 있는 것은 아니에요.

하기 싫은 공부도 가르쳐야 하고 하기 싫은 것도 자꾸 노력을 해서 스스로 살 수 있도록 가르치는 부모가 훌륭한 부모입니다.

요즘도 덜떨어진 부모들이 가끔 있어요.

어떤 부모일까요?

죽을 때까지 다 해주려고 하는 자식의 인생을 본인이 다 책임질 것처럼 생각하는 부모입니다.

지혜로운 부모는 고기를 잡아 주는 것이 아니라, 고기 잡는 방법을 가르치고 스스로 생산할 수 있는 방법을 가르치고 스스로 노력할 수 있는 방법을 가르치는 부모입니다.

재산이 있어도 없다고 해야 합니다.

자식이 노력을 하는데 노력도 하지 마라, 내 것 너한테 다 줄 테니까 그렇게 자식을 키우는 부모를 봤을 때 제대로 되는 것을 보지 못했어요.

영가의 힘 두 번째

영가에게는 신통력이 있습니다.

우리가 지금은 살아있기 때문에 오히려 더 많은 부분을 보지 못하는 부분도 많습니다.

눈에 보이는 것만 인정하는 거 자체가 과학일 수 있고 눈에 보이는 것만을 인정하는 삶이 가장 현실적인 것이기는 하지만 그래도 보이는 게 다가 아닌 것이 우리 현실이라고 볼 수 있어요.

예를 든다면 영가는 우리보다 의식이 9배가 밝다고 합니다.

안이비설신의라고 하는 육근이 육경의 대상을 통해서 반응하는 부분이 그만큼 늦다라는 거예요.

육신이 있어서 인식하는 부분이 오히려 현실적인 부분에서 그것을 아주 귀하게 받아들이는 것이 현실이지만 그 부분이 걸림이 없을 때 훨씬 더 반응 자체가 살아있는 사람보다도 9배의 반응을 빨리 할 수 있는 기능을 갖고 있는 것이지요.

그것이 영가의 힘이라고 이야기합니다.

꿈으로부터 자유로운 방법

죄를 지은 사람은 고뇌가 만들어지게 되어 있어요.

마음이 고요한 사람, 질투를 하지 않는 사람은 내가 할 일을 마땅히 하는 사람은 마음이 고요해요.

어떤 사람이 저한테 와서 "스님 저는 꿈자리가 뒤숭숭합니다."라고 이야기를 합니다.

꿈자리가 뒤숭숭한 사람은 여러가지 이유가 있으나 욕심이 많거나 육체의 건강이 원활하지 않을 때 꿈에 시달릴 수 있어요.

그럼 전 "기도 하세요. 관세음보살 부르세요. 관세음보살 부르면 꿈으로부터 자유로울 수 있습니다."라는 이야기를 할 때가 있어요.

이렇게 이야기를 해주면 저보고 용하다고 해요.

이것은 내가 용한 게 아닙니다.

그 사람은 마음의 번뇌를 통해서 욕심이 만들었지요.

욕심으로 만들어진 결과물이기 때문에 욕심을 내려놓고 나니 마음이 고요해지고, 편안해질 수 있어요.

마음이 편안해지면 꿈으로부터도 자유로울 수 있는 거예요.

물론 꿈의 현상은 여러 가지일 수 있으나 이런 부분일 수도 있다는 것입니다.

어리석음은 행동

성을 내고 나면 누가 괴로운가요?

나도 살아 보니까 성내고 나면 후회가 가득합니다.

참고 살면 자기 전 누워서 그래도 참 잘했다 하고 나를 위로할 수 있는데, 성을 내고 나면 눈을 감으면 잠이 안 와요.

참았어야 되는데 못 참았네. 오늘도 내가 헛농사를 지었네. 내가 오늘도 가지 말아야 했네 하고 후회하게 돼 있어요.

성을 내고 후회하는 행동은 어리석음의 결과입니다.

일대사 인연

법화경에서 부처님께서 이 세상에 오신 이유를 일대사 인연으로 이야기하고 있습니다.

일대사 인연은 개시오입(開示悟入)으로 설명을 하고 있어요.

일대사 인연의 가르침은 불지견을 모두가 인식하고 알게 하는 것이 궁극적 목표입니다.

불지견은 부처님 깨달음의 본성을 말해요.

개(開)는 우리 중생에게 열어 보였다

시(示)는 보여주고

오(悟)는 깨닫게 하고

입(入)은 부처님의 세계로 들어오게 한다는 것입니다.

부처님의 지위를 열어서 보여주고, 스스로에게 있다는 것을 깨닫게 하고, 부처님의 세계로 들어오게 하는 것이 부처님께서 이 사바세계에 오신 이유입니다.

〈제7장〉

소풍 인생

부처님 오신 날 등불을 밝히는 이유

부처님의 몸을 금으로 표현한 이유는 진리의 빛이기 때문이에요.

금색은 진리를 상징하는 분이에요.

부처님 진리의 빛을 내가 받아들이면 부처의 성품이 나한테 들어온 거예요.

나를 깨우치게 되는 것이란 말이죠.

빛은 그래서 중요한 거예요.

광명 지혜 부처님 오신 날 등불을 밝히는 이유는 진리의 빛이기 때문이에요.

진리의 빛을 지금까지는 불자들만 향유했다면, 초파일이 되면 지나가는 사람도 그 빛을 받아들여서 본래 마음에 존재하고 있었던 빛을 인드라망처럼 빛을 봐라, 마음의 눈을 떠라.

진리의 빛을 함께 일깨울 수 있도록 해야 합니다.

그런 의미가 있는 것이 초파일에 등으로 장엄하고 축제를 하는 이유입니다.

부처님 7번째 발자국의 의미

부처님께서 룸비니 동산에서 탄생하시면서 일곱 발자국을 걸으시면서 천상천하 유아독존이라고 설하셨습니다.

왜 일곱 발자국을 걸으셨을까요?

여섯 걸음은 우리 중생이 중생으로 윤회하는 육도를 의미합니다.

일곱 번째 걸음은 부처님께서 이 사바세계에 오심으로 인해서 깨달음의 세계, 정토의 세계, 부처님의 세계를 말씀하셨기 때문에 부처님의 가르침을 가슴속 깊이 새기고 육도 윤회에서 벗어나서

진리의 걸음

깨달음의 걸음

인류의 행복을

완벽하게 만들어낼 수 있는 것입니다.

부처님 오신 날은 목적을 향해서 뚜벅뚜벅 걸어 나갈 수 있는 마음속에 불심을 심는 날이었으면 좋겠습니다.

상불경보살

상불경보살은 잘난 사람, 못난 사람어떤 사람도 분별하지 않았어요. 오로지 일체중생이 실유불성이라는 사실을 알았지요.

우리가 일체중생 실유불성이라는 사실을 알면 절대 남을 비웃거나 남을 업신여길 수 없어요.

내 아내라고 함부로 대하면 안 되고, 내 남편이라고 함부로 대하면 안 되고, 내 자식이라고 해서 함부로 대하면 안 되고, 나보다 공부를 좀 덜 한다고 해서 우습게 여겨선 안 되고, 나보다 조금 걸음걸이가 시원찮다고 해서 우습게 여길 일이 아니라는 거예요.

모든 존재가 나와 다름이 없는 불성의 존재라고 하는 사실을 알고 모든 존재를 칭송하고 모든 존재를 존중할 수 있는 마음을 가지고 살아갈 필요가 있습니다.

유루(有漏)와 무루(無漏)의 차이

유루와 무루의 마음으로 공양을 올리는 것은 아주 큰 차이가 있습니다.

공덕을 짓고, 부처님께 공양을 올릴 때 "우리 아들 대학 시험 합격되게 해주세요."라고 축원 드리는 것과 아무 생각 없이 마음이 일어나서 아무 조건 없이 공양을 올리는 것은 차이가 있을까요?

부처님이 좋아서 그냥 무심으로 공양 올린 것과 우리 아들 대학교 합격하게 해 주세요 하고 축원 드리는 부분은 똑같은 공양을 올렸는데 차이가 있어요.

그 차이는 내가 좋아서 환희심이 일어나서
부처님 찬탄하는 마음으로
부처님 존중하는 마음으로
부처님 공경하는 마음으로
올린 공양은 무루가 되는 것입니다.

하지만 조건을 붙여 내가 공양 올릴 테니까 부처님 이거 꼭 기억하시고 내 원하는 소원 다 들어주세요라고 하면 '유루'의 공양이 되는 것입니다.

현실의 지옥에서 벗어나는 방법

자고 일어나 곰곰이 생각해 보면 이 갈리는 사람밖에 없어요.

이 사람은 이래서 재수 없고 저 사람은 절대 보기 싫고 그렇게 사는 사람은 죽어서 극락 갈 수 있을까요?

당연히 지옥 가겠죠.

지금 지옥 가는 연습을 하고 있기 때문에 지옥에 가요.

이 세상은 내 입맛에 맞는 존재는 하나도 없어요.

다 문제일 수 있어요.

그런데 하심하는 마음으로 상대에게 맞추면 고요해져요.

나를 자꾸 드러내려고 하면

위선이 생기고 모순이 생기고 거짓이 생기고

갈등이 만들어질 수밖에 없는데 나를 내려놓으면 갈등이 없어요.

고요합니다.

이것을 하심이라고 하지요.

기도하다가 보여지는 법이 생기면

관세음보살을 부르는 기도를 하다 보면 아는 법이 생기고, 보이는 법이 생기면 그 보이는 법에 마음이 가는 게 정상입니다.

마음이 가더라도 본 자리로 돌아오면 되는데, 그게 진짜인 줄 알고 따라가다 보면 진짜가 아니고 낭떠러지예요.

욕심으로 받아들이고, 아는 법이 생기니깐 진짜인 줄 알고 따라갔다가 다시는 돌아오지 못해요.

욕심기도는 다른 게 온다

기도를 열심히 하다 보면, 자기 마음에 자기가 속는 경우가 가끔 있어요.

기도가 넘친다고 하죠.

자기 맘에 속는 것이에요.

기도를 하면서도 바라는 게 많으면 다른 것이 와요.

그래서 항상 기도할 때도 무심으로 기도해야 됩니다.

무조건 기도한다고 다 좋은 일이 생기는 것은 아니에요.

기도를 욕심으로 일관해서 하면 안 하는 것만 못한 경우가 생겨요.

항상 무심이 되도록 내 마음을 돌릴 수 있게 자꾸 애를 써야 되는 것입니다.

소풍 인생

현실에서 눈앞에 있는 부분을 잘사는 걸로 끝내버리면 돼요.

이미 지나간 부분에 대해서 미련을 두지 않고 사는 사람이 가장 잘 사는 사람입니다.

내일 소풍 가면 소풍 가나 보다 하고 잠 잘 자면 돼요.

그런데 소풍 가기도 전에 전날 밤새도록 내일 소풍간다는 생각으로 잠 하나도 못 자요.

전날 잠을 못 자니 소풍 가서는 하품만 하고 있어요.

저 또한 예전에 그랬어요.

소풍은 그냥 소풍이에요.

우리 인생도 소풍 가는 것과 마찬가지입니다.

남이 나를 기억해 주는 듯 착각하지 마라

'남이 나를 기억해 주는 듯 착각하지 마라.
그는 자신을 기억하기에도 바쁜 사람들이다.'
멋진 말 아니에요.

착각하지 마세요.
남이 내가 잘한 거나 못 한 것을 영원히 기억할 것처럼 생각되지만 그 사람들은 잠깐 남의 일 이야기하듯 가다가 말아요.

내 살기도 바빠요.
그렇게 살아가시길 바랍니다.

내가 진정 공덕이라고 생각하고 내가 지혜를 얻기 위해서 하는 행위라면 절대 부끄러워할 일이 아닙니다.

서원

여러분들 원을 잘 세워야 됩니다.

원을 어떻게 세우느냐에 따라 똑같이 관세음보살을 부르지만 결과는 똑같지 않아요.

목적지를 어떻게 정하느냐가 원이 될 수 있어요.

어떤 사람은 이 육신이 살아있는 동안 부처님 가피가 이 육신을 위한 가피를 입겠다고 하는 사람에게는 그 소원을 들어주겠죠.

어떤 사람은 내가 이생에 부처님과 인연 맺었으니 억겁을 통해서 부처님과 함께하고 부처님 제자가 돼서 그 깨달음의 제자로 영원히 함께할 수 있는 진리의 제자가 되겠다고 원을 세웁니다.

스케일이 다르지 않나요?

이게 원이에요.

원을 어떻게 세우느냐에 따라서 다음 생, 나의 모습이 결정될 수 있어요.

여인성불

여자는 성불을 못 한다고 생각하잖아요.

여인성불이 허락되지 않았어요.

법화경 제바달다 품에는

여인성불을 입증하고 있어요.

여자도 성불할 수 있어요.

법화경은

일체중생이 다 성불할 수 있다는 내용입니다.

부처님께 공양을 올리는데 용녀가 가지고 있는 보주가 그녀에게는 가장 존귀한 것일 거예요.

마음을 다해서 모두 다 바치는 거예요.

다 바치는 순간 부처님께서, 마음이 여자고 남자고 상관없이 마음을 다 바치면 된다는 것을 상징하는 게 아닐까 생각합니다.

우리들끼리 살아가는데 전쟁을 하면 전쟁에서는 남자가 용이하지만, 마음을 다하는 데는 남녀가 없다는 이야기입니다.

겉으로 보여주는 기도

우리가 소원을 이루기 위해서 관세음보살을 부르면서도 이걸 부르면 된다는 확신이 없어요.

'될까? 되는 것인가?'

이런 의심하는 마음이 있기 때문에 그 시간은 지루할 수밖에 없어요. 관세음보살 부르러 온 것은 내가 스스로 왔는데도 불구하고, 커피 빼먹으러 가서 한나절 보내고, 어떻게 하면 이 시간을 보낼까? 하는 부분에 목적을 두고 사는 사람들이 너무 많아요.

시간을 그냥 보내는 데 목적이 있는 것이 아니고 이 시간을 얼마만큼 간절하게 붙들어 내 마음을 청정한 자아의 본성을 보기 위해서 애쓸 거라고 하는 것이 더 중요하다는 사실을 잊지 마시기 바랍니다.

절대 누구에게 보여주는 기도는 하지 맙시다. 내 몸에 맞는 기도를 합시다.

내가 감당할 수 있는 만큼만 실천을 합시다.

부처되는 것은 안 급하니까

부처님께서는 깨달음을 구하는 데 6년을 앉아 계신데도 불구하고, 그 6년의 시간이 짧게 느껴졌을 거예요.

왜 그렇게 짧게 느껴졌을까요?

깨달음을 구하는 것이 얼마나 간절했으면 그 시간이 짧게 느껴졌을까요?

여러분 품앗이를 해보면 우리 밭 일꾼으로 밭을 맬 때는 하루가 짧다는 생각을 해요.

하지만 남의 밭을 매러 가면 하루해가 엄청 길어요.

똑같은 밭을 매는데도 해의 길이는 똑같은데, 어떨 땐 길고 어떨 땐 짧은 이유는 뭘까요?

내 거라고 하는 집착이 있을 때는 간절함이 있는 거예요.

내 것이 아니라고 하는 부분이었을 때는 여유로움이 생깁니다.

여러분들이 관세음보살을 부르고 여러분들이 기도하는 것은 내 마음 닦는 거예요? 남의 마음 닦는 거예요?

내 마음 닦는 것에는 참 여유로워요. 왜?
부처 되는 것은 안 급하니까요.

방편

부처님께서는 얻으신 법을 한량없는 방편력으로, 한 가지로만 이야기를 하는 것이 아니고, 상대방을 가르칠 수 있는 온갖 방법을 다 사용하는 것을 방편이라고 이야기해요.

방편과 거짓말은 차이가 있어요.

부처님은 진실을 가르치기 위해서 여러 가지 방법을 동원해 방편력으로 중생을 위해서 설하십니다.

상대를 위하는 것은 방편이고, 나의 이익을 구하기 위해서 쓰는 것은 거짓말이 되는 거예요.

부부 싸움

부부가 싸우는 것은 우리 집이 망하려고 싸우기보다 잘되려고 싸워요. 관심이 없으면 싸울 일이 없어요.

이렇게 하는 게 옳다고 생각하는 아내와, 이렇게 하는 것이 옳다고 생각하는 남편이 싸워요.

이렇게 하는 게 더 좋다고 생각을 하기 때문에 이렇게 하는 것이 우리 집이 좀 더 행복할 수 있기 때문에 그 방법이 옳다고 생각하기 때문에 싸우는 거예요.

그런데 싸우다 보면 본질을 잊어버려요.

잘하려고 했던 것은 잊어버리고 내가 하는 것에 반대한다는 생각이 들어화가 나서 묻고 뜯고 싸우다 보니 본질을 잊어버리는 경우가 많아요.

중요한 부분은 틀렸다고 비난하기보다는 다르다는 생각을 가지시길 바랍니다.

목적지는 분명히 한 곳인데 가는 방법은 다를 수 있어요.

복을 구하지 않으면 복을 구할 수 없다

우리는 만법의 주인공입니다.

조화는 마음 바깥에 있지 않아요.

법도 여러분들 마음에 있고 부처도 여러분들 마음에 있다고 대조사님께서 강조를 하셨어요.

이런 법문을 어디 가서 들어보겠어요?

우리 사찰에 왔으니까 들어보지요.

책을 사줘도 모르잖아요.

여러분들이 인연을 잘 만났기 때문에 이런 이야기를 들을 수 있는 것입니다.

그런데 법회를 한다는 데도 너희들은 너희들 맘대로 해.

나하고는 아무 관련이 없다고 생각해요.

이 세상은 복을 구하지 않으면 복을 얻을 수가 없어요.

내 마음이 깨어나야 가능한 것입니다.

애를 먹어야 애를 쓴다

여러분 관세음보살 부르려고 앉으면 생각지도 않았던 게 다 떠오르잖아요?

나는 여기에 앉아 있는데, 생각으로 가는 곳마다 가서 헤매요.

그 헤매는 마음을 자꾸 끌고 와야 돼요.

어디로?

지금, 현재 내가 관세음보살 소리를 내는 이곳으로 끌고 와서 관세음보살 부르는 것까지도 잊어버리려고 애써 보세요.

옛날 큰스님께서는 "애를 먹어야 애가 큰다."라고 하셨어요.

이 말씀 정말 감동스럽지 않습니까?

애를 먹어야 애가 큰다.

편안한 것은 없다는 이야기예요.

애를 쓰라는 이야기예요.

노력하라는 이야기죠.

그냥 거저 되는 법은 없어요.

가장 행복한 사람

매사를 긍정적으로 보는 사람이 있는가 하면 매사를 거꾸로 보는 사람들이 있습니다.

매사를 거꾸로 보는 사람은 미래가 거꾸로 된 세상의 주인공이 될 수밖에 없습니다.

바로 보고 사는 세상이 극락이요.

거꾸로 보고 사는 세상이 지옥입니다.

별거 아닌 듯하지만, 실행하기는 어렵습니다.

하지만 습관을 들여야 됩니다.

매사에 보는 사람마다 미소로 대하려고 애쓰고 보는 사람마다 보이지 않는 이면을 거꾸로 보려고 애쓰지 마시기를 바랍니다.

그냥 있는 그대로 상대가 웃으면 그냥 웃는 대로 받아들여 주시기를 바랍니다.

우리는 웃는 사람을 바라보고 속을 보려고 합니다.

겉으로는 웃고 있어도 속은 음흉할 거야.

그게 자기 마음입니다.

그냥 웃어주면 웃는 대로 답하시기를 바랍니다.

그가 좋은 말로 전화 오면 좋은 말로 들어주시기 바랍니다.

그가 사과하면 진정한 사과라고 받아들여 주시기를 바랍니다.

그러고 난 이후에 그가 또 속이면 그냥 속는 대로 또 한 번 속아주세요.

그 사람이 가장 행복한 사람일 수 있습니다.

행복하고 행복하고 행복하다

아무리 많은 돈과 아무리 많은 부와 완벽하다고 이야기하는 현실이 있다고 하더라도 보는 눈을 가지지 못했을 때 불행한 것입니다.

들을 수 있는 귀가 없을 때 또한 불행한 것입니다.

가고 싶은 데를 갈 수 없을 때 또한 불행한 것입니다.

자고 일어나서 눈을 뜨면, 보이는 대상이 있을 때 행복하고, 귀를 열어 아름다운 음악을 들을 수 있어서 행복하고, 가고 싶은 곳을 두 다리가 멀쩡해서 갈 수 있어서 행복하고, 누군가와 눈 맞춰서 소통할 수 있는 내가 있어서 행복하다는 생각을 가지고 사시기 바랍니다.

전생 때문에

제게 질문을 하는데 "스님, 이번 생에 아무리 노력해도 전생에 지은 게 없다면 전혀 소용이 없는 거예요?"

그것은 아닙니다.

전생에 지은 게 없으니 더 많은 노력을 해야 되고 전생에 지은 공덕이 있어서 잘되면 더 많은 노력을 해서 다음 생을 준비해야 됩니다.

과거의 힘이 현재에 미친다는 생각을 하면 현재의 힘이 미래에 미친다는 생각을 할 필요가 있지 않을까요?

마음을 바꾸는 방법

마음이 쉽게 안 바뀌어요.

이야기를 들어보면 쉬울 것 같은데, 쉽게 안 바뀌는 게 마음이에요.

제일 쉽게 바뀔 수 있는 것이면서도 가장 바꿀 수 없는 게 바로 마음이에요.

업 때문에.

마음을 바꿔야 한다고 하는 것은 알겠지만, 바뀌지 않는 이유는 업 때문인 거지요.

그 업을 벗는 방법은 관세음보살을 부를 수밖에 없는 것입니다.

관세음보살을 부르세요.

관세음보살을 부르면 바뀌게 돼 있어요.

마음을 산란하게 갈 것이 아니고 자꾸 모으면 바뀌게 돼 있어요.

마음을 바꾸는 방법, 업장을 소멸하는 방법은 꼭 관세음보살만 부르라고 이야기하지는 않아요.

그런데 관세음보살 못 부르는 사람이 다른 것을 어떻게 하겠어요?

업장 소멸하는 데는 관세음보살 부르는 것보다 더 좋은 부분이 없어요.

월도 스님
행복하고 행복하다

초판 1쇄 인쇄 2025년 2월 1일
초판 1쇄 발행 2025년 2월 6일

지은이 월도
그린이 신소요

기획 장필욱 · 김승태
발행인 최근봉
발행처 도서출판 넥스웍
등록번호 제2014-000069호

주소 경기도 고양시 일산동구 장백로 20, 102동 905호
전화 (031) 972-9207
팩스 (031) 972-9808
이메일 cntpchoi@naver.com

ISBN 979-11-88389-58-2 (03810)